Билет в два конца

Роман о любви

Альфира Сундквист

Билет в два конца

Глава 1

- Вика, мы здесь!

Вика, лавируя в толпе, стоящей в очереди за посадочной карточкой на паром, пошла на голос Ани, который ни с чьим не спутаешь.

- Ты одна?

- Нина встала в очередь. Пойдем к ней, - предложила ей Аня.

Они подошли к Нине и встали рядом, не втискиваясь в очередь. Виктория заметила, что народ был в основном их возраста, лет так под сорок и старше.

«Путешествие наше будет спокойным», - порадовалась она.

- Ты взяла такую большую сумку, хотя едем в Питер всего на один день, - только теперь обратила свое внимание на багаж Виктории Аня.

- В Питере погода может быть какой угодно, - возразила Вика.

- Выбрала бы что-нибудь среднее, чтоб для теплой погоды подошло и для дождливой. Я всегда так делаю, у меня уже опыт: езжу самое меньшее раз в два месяца, - продолжила Аня настаивать на своем.

- И я тоже, возможно, буду ездить теперь часто, - сказала Вика.

Виктория была безработной. Выезжать за границу в рабочие дни разрешили буквально недавно. До этого в рабочие дни находиться вне Финляндии запрещалось, - вернее, дни эти не оплачивались. А так как летом праздников нет - поездки были нереальны. Вика, в отличие от Ани, законы соблюдала.

Для Вики эта поездка, после разрешения на выезд, была первой. Конечно, по компьютеру можно было посмотреть, какая их ожидает в Питере погода по прибытии туда парома, но где гарантия, что синоптики не ошибутся.

Для нее это поездка была значимой. Не из-за свидания с друзьями: они ей не давали себя забывать - приезжали в Хельсинки довольно часто. Это свидание ее было с летним Питером. Виктория даже не помнит, когда в последний раз была там в это время года.

Получив посадочные карточки, поднялись наверх и взяли в кафе по чашке кофе - решили переждать, когда схлынет основная масса.

***

Подруги ее уже прошли, а Вика все ждала, когда финский полицейский вернет ей паспорт. Тот что-то уж очень внимательно разглядывал его.

У Виктории было двойное гражданство. Оно досталось ей волей случая. После того как получила извещение - разрешение на гражданство, Виктория решила не спешить с отказом от российского гражданства, тем более с финской стороны давали на раздумье два года. Пошла за отказом за два месяца до истечения срока, но в российском консульстве заявили, что процедура отказа пока приостановлена. Новость ее не очень обрадовала: Виктория поняла, что может просрочить, а это значит, что придется опять подавать документы и - самое главное - платить немалые деньги. Тогда в их фирме дела шли уже не важно, каждая копейка была на счету.

Все так и вышло: в срок, данный на получение гражданства, она не уложилась. Узнав, что задержка отказа была из-за того, что ждали изменений в финском законе о введении двойного гражданства, она облегченно вздохнула. Заплатить еще раз было не жалко, учитывая, что российское гражданство у нее сохранится. Подавать повторно документы она пошла уже после того, как закон о двойном гражданстве вступил в силу (как хорошо, что справка, о сданных экзаменах по языку, сохранилась).

Каково же было удивление Виктории, когда ей сказали, что документ уже не годится и что ей придется сдавать экзамены заново.

- Не поняла, - сдержанно возмутилась она, - я, значит, два года назад (о чем подтверждает моя справка) знала финский, а теперь, прожив все эти годы почти безвыездно в Финляндии, забыла его и стала говорить хуже?

- У нас такие правила, - раздражающе спокойно и, как всегда, без каких-либо эмоций (как обычно кажется всем иностранцам, а на самом деле сдерживая их) проговорила женщина за окошечком.

- Здесь у вас немного страница отклеена, - заговорил наконец полицейский. - Вернетесь, поменяйте паспорт.

- Хорошо, - закивала Вика.

Еще этого не хватало, чтобы ее развернули обратно: Виктория так радовалась этой поездке. Паспорт ей был выдан на десять лет, прошло девять - тоже неплохо. Вернется, сразу пойдет менять. И уже скорее на био; тем более что российский паспорт был простой, не био. Да и куда бы она с био российским поехала, он нужен был ей только для въезда в Россию; по Европе ездила с финским, только в США и в Англию он не годился. Питерская подруга, проживающая в Вашингтоне, не раз приглашала ее. Вначале не ехала - ждала, когда гражданство получит, чтобы уж сильно не заморачиваться с визами; потом и желание отпало: Вику больше тянуло на родину.

***

- Чего это тебя задержали? - спросила Аня, поджидавшая ее с внутренней стороны корабля, у таможенного контроля.

- Что-то там отклеилось в паспорте. Вы как, устроились?

- Быстрей бы уж отчалили. Нина уже двери магазинчика подпирает, ну а для меня главное, чтоб быстрей танцы начались, - засмеялась Аня.

- Успеешь, впереди у тебя целый вечер.

- Надеюсь, не будешь в каюте просиживать.

- Не знаю еще, взяла книгу почитать.

- Вот уж нет! У нас компания - и все будем вместе, - решительно проговорила Аня, пытаясь карточкой открыть дверь каюты.

Рита открыла дверь с внутренней стороны. Было видно, что одно нижнее место уже занято.

- Риточка, ты молодая, полезешь наверх, - скомандовала Аня. - Остается одно место внизу.

Аня вопросительно посмотрела на подругу.

- Я могу спать наверху, - успокоила ее Вика.

Виктория на самом деле любила спать на верхней полке. Никто - во всяком случае - не садится на твою кровать и тем более мимо не ходит, не мельтешит перед глазами. К тому же Аня была такой полной, что даже представить было бы невозможно, чтобы она стала куда-то карабкаться. А если еще на голову кому-нибудь свалится - мало не покажется.

- Я пойду погуляю.

- Иди-иди, нам нужно много места, пока мы тут обустроимся, - отреагировала на слова Риты Аня.

Рита, переглянувшись с Викой, улыбнулась и, подхватив сумочку, исчезла за дверью.

- Конечно же, самое идеальное быть только вдвоем в каюте, но деньги… они - заразы - все решают, - вздохнула Аня. - По-моему, тронулись. Точно тронулись, - убедилась она, посмотрев в окно.

- Да, об этом объявили несколько минут назад.

Глава 2

Виктория предпочитала каюты без окон: не очень-то нравилось, когда там, за окном каюты, в темноте, виднелась вода. Она пыталась свои пожелания высказать подругам, но они ни в какую не соглашались. Наличие окна в каюте должно было быть обязательно.

Первая поездка Вики на корабле была не очень увлекательной. Это произошло в тот год, когда «Эстония» пошла на дно. По телевизору постоянно показывали происходящее на море. Вся страна была в шоке.

После этой трагедии прошел всего месяц, когда муж принес билеты на корабль в Швецию. Виктория была простужена, и Кари ей должен был принести лекарства из аптеки. На обратном пути домой он увидел рекламу на дешевые билеты на корабль (естественно, что никого не привлекал этот вид транспорта после многочасовой трансляции, показывающей уходящий под воду паром и утопающих).

Всю дорогу в соседнюю страну она думала о том, что тогда люди так же вот сидели по барам, танцевали, смеялись, не подозревая о приближающейся беде.

Муж ее также, как и многие, предпочитал каюты с окнами. И темная, холодная, осенняя вода за окном удручала ее еще больше.

Но это было осенью, а сейчас лето; и вид из их окна оказался очень даже приятным. И только тут она поняла, что впервые плывет на пароме летом. Было светло; и вода, переливаясь под лучами солнца, весело овивала медленно тронувшийся с пристани корабль. «Надо будет нам обязательно сходить на верхнюю палубу», - подумала Виктория.

***

Появилась Нина. Аня юркнула в туалет и сразу вынырнула оттуда с тремя пластиковыми стаканчиками.

- Я не буду, - сказала Вика, догадавшись для чего эти стаканчики.

- Да-да, знаем. Ты пьешь только два раза в год: на Новый год - фужер шампанского и на день рождения - совсем немного красного вина, - отреагировала на ее отказ Аня, заполняя все три стакана красным вином. - Нам нужно поддержать Нину, возражения не принимаются.

- Нина, у тебя что, какие-то неприятности? - встревожилась Вика.

- Отказали в российском гражданстве. Хотя бы дочери вернули. Она-то в чем виновата, ей тогда всего было десять. И если бы не финские законы, требующие отказа от российского гражданства, ни за что бы не отказалась. И вообще, я пошла на это из-за своего экс-самодура: все грозил уехать и увезти дочь. Его здесь прям как подменили - издевался как мог. Даже приходилось полицию вызывать - а он, артист чертов, сделает сверхдружелюбную морду и вроде как не понимает, в чем дело.

- Да, тяжело вам было, - посочувствовала ей Аня.

- И все это на глазах ребёнка. Развелась, пока еще было не поздно. А все вокруг только плечами пожимали: как же это я такого мужа бросила. Прошло восемь лет - что-то никто его не подобрал... Давайте уж выпьем, пока Рита не пришла. Не хочу, чтоб она на это смотрела.

- Ну, Рита у тебя большая девочка, а мы здесь, чтоб немного расслабиться.

- Для меня это просто средство передвижения, - возразила Вика. - На пароме удобно: едешь отдыхая. Поспал - и утром в Питере.

- Да и дешевле, - поддержала ее Нина.

- Девочки, никаких средств передвижения - сегодня гуляем! Когда мы еще вот так втроем сможем вырваться.

- А закусить-то есть чем-нибудь? - заранее сделав кислую гримасу, попросила Вика.

- На, возьми! - протянула Нина шведский шоколад, купленный вместе с вином.

- Шоколадом, кстати, закусывают коньяк. К тому же Виктория не ест его, - заметила Аня, вытаскивая довольно внушительный мешок с бутербродами. - Погодите-ка, я вам бутерброды сейчас достану.

Аня любила на пароме посидеть за стойкой, потягивая коктейли. Она, как и Виктория, была безработной - нужно было на чем-то экономить, поэтому все съестное брала с собой.

- Вика, тебе с колбасой или с рыбой?

- С рыбой пьют белое вино, - скопировав голосом ее недавнее замечание, бросила Нина.

- Значит, с колбасой, - не обратив внимание на подкол подруги, решила вопрос Аня.

Аня была проста, может, даже слишком. Но Вика ее любила за доброе сердце и веселый нрав. Аня - как и они - была ингерманландкой, попала в Финляндию как переселенка. У сына в России дела шли успешно, и он остался там. Ей же, без пяти минут пенсионерке, это было самое то. Хотя проводить жизнь в тишине и в спокойствии она не собиралась, у нее всегда были бойфренды. Аня, будучи с Украины, ни в какую не желала принимать западный манер мужчин - делить со слабым полом все расходы пополам. Так что она как быстро находила их, так же быстро и теряла. Но Аня не унывала - верила, что найдется все же некто, который будет именно таким, каким и должен бы быть настоящий мужчина. А именно: обеспечивать ее полностью, возить по Европе; а она в это время будет подкапливать деньги, выдаваемые ей всеми службами как безработной. Будь на ее месте другая, Вику это немного покоробило бы, но в Ане это не было хитростью - это было ее убеждением. С последним из своих ухажеров Аня поссорилась из-за того, что тот не захотел купить ей чемодан взамен развалившегося, как она на это ни намекала. (Здесь она, похоже, все же схитрила - прихватила в дорогу самую что ни на есть развалюху.) Выхода не было, и Ане пришлось-таки покупать новый на свои деньги. Обо всем этом она с возмущением рассказала Виктории по возвращении из путешествия.

- Аня, он тебе купил билеты на хороший рейс, не так ли? - отреагировала Виктория на ее жалобы. - Гостиница у вас была пятизвездочная, которую он тоже оплатил вместе с питанием; почему бы тебе хотя бы за свой чемодан не заплатить самой - как ты считаешь?

- Да, может, ты и права, - ответила Аня не совсем уверенно.

Но на другой день, как выяснилось, с таким же возмущением уже жаловалась Нине.

На подругах Аня не экономила, она всегда была рада им и стол накрывала по русским обычаям. Но правда, готовила она неважно, и в основном из полуфабрикатов. Финский обычай - принимать гостей с чашкой кофе и печенюшками - не приемлела. Виктории же этот обычай нравился: не надо выстаивать у плиты, поесть каждый может и у себя. Тем более расстояния здесь не такие уж большие, не проголодаются, пока доберутся. Но все же местный обычай она применяла только в отношении коренных финнов, к тому же готовить она любила. А так как Виктория не очень любила ходить по гостям, а предпочитала принимать их у себя, выстаивать у плиты ей приходилось все же часто.

В эту поездку подруги решили возвести Викторию в разряд гостьи. Нина отвечала за спиртное, а за еду, точнее, за бутерброды отвечала Аня - вот бутерброды вкусные она умела делать. Оставалось только убедить Вику быть в качестве принимаемой ими гостьи; в крайнем случае пригрозят, что не будут к ней ходить, и ей придется навещать их самой. Они знали - это их сильный козырь. Пока, во всяком случае, все шло по плану.

- Вот ведь хотят, чтоб молодежь возвращалась, - продолжила свою больную тему Нина. - А ведь куда легче вернуться, если у тебя есть российское гражданство. Дали бы им только доучиться, здесь все же бесплатное обучение.

- Да, к тому же у человека должен быть выбор, - поддержала ее Вика. - Все бросить… уехать… а если не сможет адаптироваться? Все же жизнь здесь и там сильно отличается.

- А помните финку-циркачку? - вступила в разговор Аня.

- О ком ты?

- Ну я об этом давно уже читала статью, где девушка писала о том, как она поехала учиться в цирковое училище в Москву. Не буду уж все рассказывать. Циркачка там писала, что, когда вернется обратно в Суоми, никогда не будет произносить слово «проблема»: поняла, что то, что мы называем здесь проблемой, - это не проблема.

- Но это, наверное, было давно. Жизнь и здесь и в России уже давно коренным образом изменилась. Я думаю, - продолжила Виктория, - что рано или поздно границы сотрутся, но понятие «родина» все же останется. И если предположить, что слово родина образовалось от слова родиться, родиной надо считать место, где человек родился. И отказывать человеку в гражданстве страны, где он родился и вырос, неправильно.

- Я считаю, что место рождения на земле дано нам богом, и не следовало бы перечить Всевышнему. И более того - становиться с ним рядом, решая, можно человеку быть гражданином его собственной родины или нет. Если не на тебе, то на будущих твоих потомках точно отзовется: будут они потом скитаться неприкаянными по земле.

Подружки с удивлением и любопытством посмотрели на философствующую Аню.

- Ну ладно, девчонки, - прервала сама себя Аня, - пойдемте погуляем, заодно программу посмотрим: когда у них там танцы начинаются?

Глава 3

«Поеду!» - неожиданно для себя решил Артур.

Еще вчера вечером Артур был абсолютно против предложения сына - поехать родителям вместе с ним на пароме в Финляндию. Подруга его не может - вот и решил пригласить их. Да и материально для него, конечно, с ними легче; небось, и шмотки так же хочет себе приобрести. Артур не против, но для них уже в шкафах нет места.

Вчера еще перед сном он все обдумывал: какую бы найти причину, чтоб отказаться.

Жена - безусловно - сразу была «за». (Сын время от времени помогал отцу в делах фирмы, потому они виделись довольно часто. Мать же почти его не видела: учеба, работа в отцовской фирме, дискотека. Придя поздно и поев, сын сразу же уходил спать. А иногда и вообще не возвращался, оставался у Лены.)

На корабле никуда не убежит - глядишь, и пообщаться удастся.

Артур даже сам удивился своему решению. На душе его стало легко, и появилось ожидание чего-то хорошего.

«Странно», - подумал он. Тем более что он не любил корабельные путешествия - слишком медленное. Времена поменялись: что в Москву, что в Хельсинки на поезде можно добраться за три с половиной часа. На самолете, конечно же, было бы еще быстрей - но дорога в аэропорт, регистрация, посадка, дорога из аэропорта. А тут пришел самое большее за полчаса, а то и меньше, кинул сумку и покатил. И приезжаешь почти в центр города - чего уж лучше.

«А вдруг, - подумал он, - вдруг она тоже окажется там. А почему бы и нет - не иголка же, на самом деле». Вспомнил: много лет назад увидел девушку очень на нее похожую - его как будто бы стрелой пронзило. Он остановился, растерянно топчась на месте. Через пару минут разум вернулся - это не она. Время не стоит на месте - она не могла быть такой молодой, учитывая прошедшие двадцать лет. Но этой минуты хватило, чтоб вернуть его в то далекое время их безумной любви. Он понял: чувство, которое он заглушил в себе, забил его каждодневными проблемами, отцовскими заботами, - не исчезло, не растворилось, а притаилось там, в глубине, ожидая своего часа.

Но потом опять его поглотили жизненные проблемы и заботы. Пока друг не сообщил, что видел ее в Хельсинки в «Итякескусе», в торговом центре. Владимир слышал, как она бойко разговаривала с продавщицей на финском.

Жена друга, каким-то образом поняв, что женщина русская, хотела попросить ее помочь с переводом; но друг увел супругу подальше, понимая, что «переводчица» может его узнать. Их жены дружили, и Володя не хотел проблем для Артура.

После ухода Владимира Артур буквально заметался по комнате. Хорошо, никого не было дома.

Знать - где она находится... Для Артура она долгое время была уже просто воспоминанием, прошлым, раной, которую если не трогать, не будет болеть.

Но до нее дотронулись - и она заныла.

Она была рядом. Почти рядом. Как же он

не догадался, что она уехала именно туда?.. По матери она была ингерманландкой. Он не догадался, вероятнее всего, потому, что ничего от финских предков у нее не было.

Она была жгучей брюнеткой. Верно, была в отца. Хотя… нет… от предков страны озер ей достались нежно-голубые глаза. Глубина которых вызывала тот же восторг, что и чистые, до дна просматриваемые карельские озера.

Глава 4

Они начали уже сильно нервничать: до отправления парома оставалось не так уж и много времени, а Радика все не было. А им надо было еще пройти паспортный контроль.

Наконец он появился вместе с Леной.

- Лена, ты все же едешь, - заметила мать, не скрывая свою радость, подруге сына: Василисе очень хотелось познакомиться с ней поближе.

Лена была завидной невестой. У ее отца фирма, кроме Питера, была еще и в Германии. Радик домой ее не приводил, тем более что у нее на улице Восстания была своя или, точнее, купленная родителями квартира.

- Нет, Лена пришла, чтоб меня проводить, - ответил за подружку сын.

Зазвонил телефон Лены. Она, посмотрев на номер, попрощалась с Радиком и торопливо пошла на выход.

Василиса набрала целый чемодан вещей и, вероятно, многое другое: чемодан с тряпками не мог быть таким тяжелым. И (сюрприз!) все это нужно было тащить на корабль по крутой лестнице. Артур видел недоуменные лица иностранцев. По этим лицам можно было точно определить, кто из этих чужеземцев отбывал в Финляндию впервые на корабле, - кто же это такое придумал, чтобы на корабль забираться с чемоданами по высокой, крутой лестнице?

У Артура побаливала спина - такое начало ничего хорошего не предвещало, и настроение потихоньку стало спадать. Угораздило же его поддаться уговорам или, вернее, своим мечтам. Не маленький ведь уже; давно пора бы понять, что чудес не бывает. Разве что во сне - и то, если повезет.

Во сне... Это, пожалуй, было самое больное. Когда чувствуешь прикосновение... ощущаешь запах волос... И на тебя смотрят такие родные, любимые глаза. Нет настоящего - есть только прошлое в настоящем. Ничего особенного не происходит, ни о чем особенном не говоришь. Но почему, проснувшись, испытываешь такую боль! Зажимаешь в зубах угол подушки, чтоб не застонать, не закричать. И по щекам текут жгучие, крупные слезы. А та, которую никогда не любил, но отдал свою молодость, сопит себе рядом безмятежно. С которой соединился, чтоб маленький беспомощный человечек не остался без отца; чтоб каждый день была возможность прикоснуться к нему, ощущая в своих руках его теплое, мягкое тельце; видеть, как доверчиво малыш протягивает тебе свои ручонки. Окружающий мир для него еще чужд, кроме двух - очень близких для него людей. И если из двоих убрать одного - для него это будет очень много. Полмира.

***

На корабле, как он и предполагал, ничего особенного не произошло. Конечно же ее там не было. А с чего бы?.. Прошло столько лет. И вот он собрался, поплыл - и встретил?.. Какая наивность.

Но как же интуиция? Подвела, получается.

Артур все же украдкой проглядывал пассажиров. В основном были свои, но финнов тоже было немало; и вели они себя, как ни странно, очень даже прилично. Не так как на шведском или эстонском корабле, о чем русские рассказывают взахлеб, вернувшись из путешествия. Хотя можно понять почему: в Петербург едут, чтобы посмотреть на северную столицу, ради культурной программы. И если ночь пить, утром вряд ли вывалишься из каюты. В порту их и автобус для турне поджидает, что входит в цену билета.

Это был момент положительный - не будет пьяных, валяющихся на полу, криков по ночам. Выспаться - во всяком случае - можно будет. Притом кровать будет своя, отдельная... Не зря дворяне спали не только на отдельных кроватях, а даже в разных комнатах. Почему в те далекие времена понимали, что это только на пользу, а в наш, в продвинутый, - никак. Привычка? От кого же она досталась? Что же в нас ни в ком не осталось даже капельки голубой крови?..

«Меня, по-моему, уже заносит», - подумал Артур.

Решил пойти в бар и, может, даже напиться. «За руль не садиться», - с оттенком сарказма подумал Артур, предвкушая, что кому-то это не очень понравится.

Нельзя было, конечно, сказать, что жена его не любительница, но не в таком месте, где «на других посмотреть» и - самое главное! - «себя показать». На даче же она отрывалась по полной.

Пока Радик был еще маленький, как-то еще сдерживалась. С повзрослевшим сыном могла бы и на пару оторваться, но сына, к счастью, возможность бухать с матерью не привлекала. Артур с радостью отмечал, что сын не дружит с зеленым змием. Также, увлекающийся спортом, Радик был равнодушен, по счастью, и к куреву. Сын становился копией своего отца в молодости не только внешне. У сына, как и у него, были жемчужно-серые глаза; нос, с чуть заметной горбинкой; припухлые губы; волосы у обоих черные, густые.

Артур не помнит в точности, когда впервые потянулся за сигаретой. Когда исчезла она?.. Вначале думалось - появится. Она не могла исчезнуть бесследно. Разве жизнь могла быть без нее? Нет! Такое невозможно!.. Такое могло случиться только в страшном сне. Но оказалось - страшные сны не только случаются, но, увы! иногда и сбываются.

Глава 5

По прибытии в Хельсинки жена побежала в «Форум», в торговый центр, за шмотками, а Радик пошел разыскивать магазин с рыболовными снастями, заранее посмотрев в интернете его место нахождение.

Артур предпочел компанию Радика, но до магазина с ним не дошел - решил вернуться в центр.

Крыша железнодорожного вокзала была видна издалека. Он знал, что там же находится и метро. Но сможет ли он разобраться с билетом? Ездить на метро в Финляндии ему не приходилось.

Оказалось, не сложно: нужно было только финский язык поменять на английский. И даже мелочи не понадобилось - которой и не было.

Оплатил карточкой. Проблемы начались внизу. На табло высвечивались незнакомые слова, на слово «итякескус» они никак не смахивали.

- Вам куда? - вдруг услышал Артур вопрос, заданный на чисто русском языке.
- В Итякескус, - попросил он, благодарно улыбнувшись, неожиданно появившегося спасителя.
- Вы на правильной стороне. Посмотрите! Остановки написаны на стене - видите?

Остановки на самом деле большими буквами были расписаны на стене (как он сразу не догадался - все, как в Питере). Линия была в основном прямая, только почти в конце она раздваивалась, - к счастью, после нужной ему станции. Одна из линий шла до Меллунмяки, другая - до Вуосаари. Так вот, оказывается, что означали названия на табло, - конечные остановки.

Следующий поезд пойдет до Вуосаари. Но для него это не имело значения; главное, что он находится на правильной стороне, где он мог сесть на любую электричку.

Артур повернулся, чтоб еще раз поблагодарить своего спасителя, но сзади него никого не оказалось. Увидел его уже в вагоне, сидящим на несколько рядов впереди. «Видно, местный,

- подумал он. - Наши бы наверняка составили компанию до конца своего пути. А местные, похоже, перенимают обычаи коренных финнов - соблюдать дистанцию, не лезть на чужую территорию без приглашения». Это, конечно, спорный вопрос - хорошо это или плохо. Во всяком случае, для него в данной ситуации это был положительный момент: сейчас хотелось ему быть одному.

Его электричка через несколько остановок вынырнула из подземелья. Артур машинально прильнул к окну. Там, за стеклом, была страна, в которой жила она. Как ей живется здесь?.. Совсем не похожей на ту страну, в которой она родилась, выросла и любила. Счастлива? Нет?.. Он не был уверен, какой из ответов - «да» или «нет» - хотел бы услышать. «Да» - вызвал бы ревность, «нет» - чувство вины.

Он чуть было не пропустил нужную ему станцию. Выйдя из вагона, опять растерянно остановился: выхода было два. «Какая разница, - подумал он, - разберусь наверху». Но затем решил все-таки пойти туда, куда пошла толпа. Выбор был сделан правильный: поднявшись по маленькому эскалатору, он сразу очутился в торговом центре. И Артура тут же охватило волнение - это было место, где ее увидел друг. Здесь она точно (!) была. Ходила по коридорам, которые имеют названия как городские улицы;

самый главный из которых назывался Bulevardi.

Он стал смотреть на вещи, выставленные на витринах. На них был оставлен - во всяком случае, ему так представлялось - след от ее взгляда. Витрину с игрушками проигнорировал, но глаза его успели запечатлеть то, что заставило резко повернуться к окну. На витрине было выставлено много разных интересных игрушек. Его внимание привлекла та, что лежала в самом углу, - это была абсолютная копия той, которую он увидел в ее руке в тот злополучный день.

«Я привезла его для тебя; подарок на твой день рождения».

Он не стал спрашивать - откуда. Если бы спросил, сразу же и понял бы, куда она уехала. Тогда в Финляндию она могла поехать только к родственникам по приглашению. Да, он точно догадался бы, куда она могла так бесследно исчезнуть, если б знал о ее финских корнях. И может быть, сейчас не довольствовался бы тем, что находится там - где находилась она, видит то - что видела она.

Глава 6

Артур до женитьбы и до перехода в фирму тестя играл и пел на танцах. После женитьбы и рождения ребенка понял, что этим семью не прокормишь. Хотя тесть его зарплатой не очень баловал, зато купил им квартиру, на имя дочери, конечно. Купил и оформил ее до свадьбы. Тестя его можно было понять: главной причиной их регистрации стала беременность невесты.

Поэтому, когда приятель попросил попеть на танцах вместо уходящего второго солиста, пока те найдут другого, Артур согласился сразу. Выступления проходили по выходным, можно было заработать какую-то сумму денег, да и развлечься немного. Тем более что его жена с маленьким сыном на все лето уехали отдыхать на море. И до конца лета еще далеко.

За несколько лет контингент поменялся - не было заметно примелькавшихся лиц. Обычно возле их сцены стояли одни и те же девицы - поклонницы. Особенно настырной была одна из них, которая и стала его женой. Впрочем, все было банально: встречи; ее беременность; ее папаша, который как-то все быстро решил за них; шикарная - по тем временам - свадьба; рождение сына, как две капли похожего на него (это было во всей истории самое знаменательное). Он был единственным в семье, поэтому появление существа не просто одной с ним крови, но и его копии было как какое-то чудо. И все стало на свое место. Все было правильно, жалеть ему было не о чем, а просто жить и радоваться.

***

Сцену подпирали совсем новые женские лица. И он для них тоже был новым и вызывал, скорее всего, больше любопытство. Нет, это не были поклонницы - а скорее критики. Артур почувствовал волнение певца, впервые выходящего на сцену. Ему не хотелось ударить в грязь лицом. План - прийти, отработать, заработать - не сработал. Все-таки в нем еще сидел артист.

Отлично! Голос его не подвел! На лицах

«музыкальных критиков» любопытство смени-
лось удивлением, перешедшим в восторг. Он
смог это заметить, хотя старался не смотреть
вниз: толпа стояла слишком близко.

Вот тогда Артур и увидел ее. Она стояла в
стороне от толпы. Многие приглашали девушку,
но она отказывала. Она слушала. Она смотрела
на него - и не видела его.

Он уже пел для нее. Старательно выводя:

Я тебя никогда не забуду.
Я тебя никогда не увижу!

Даже стоящие рядом с ней девушки поняли
это и с нескрываемой завистью поглядывали на
счастливицу. Она же сама этого не замечала,
она только слышала песню. Что же так сильно
взволновало ее в этих словах? Она была еще
слишком молода, чтобы испытать такую силь-
ную любовь и успеть ее потерять... Что же в
этой песне так привлекло ее?.. Сама история
влюбленных? Нет, здесь было что-то другое...

В конце песни она вздрогнула. Заметила.
Отвела взгляд.

Игру надо было заканчивать.

«Но она даже еще не началась», - подумал
Артур. Ничего страшного, если они потанцуют
один танец.

Он слишком быстро ринулся в бой?.. оказался дерзким?.. самоуверенным?.. Все эти мысли молниеносно пронеслись в голове, когда он, спустившись со сцены, чтобы пригласить ее на танец, оказался в живом коридоре. Между ним и ею было несколько метров. Она смотрела на него прямо и - холодно. И Артур не выдержал. Развернувшись, пригласил первую попавшую, оказавшуюся с ним нос к носу.

Никогда у Артура не было такого долгого и утомительного танца. Он изо всех сил старался быть приятным партнером: все время улыбался, говорил беспрерывно. Он даже не подозревал, что может быть таким красноречивым.

Потом увидел, как она покидает зал, - все его красноречие в мгновение ушло на нет.

И только теперь он обратил внимание на свою партнершу. Она, слава богу, была ничего. Хотя какая разница, и все правильно - так ему и надо. Он же сюда пришел для того, чтобы помочь приятелю и немного подзаработать. А все остальное - это всего лишь его минутная слабость. С кем не бывает...

Глава 7

В воскресенье она не пришла. А через неделю Артур про нее уже и забыл. Но когда она опять появилась, заметил ее сразу.

Артура магнитило на нее, он даже не мог понять почему. Ведь ничего особенного в ней не было. Да, была хороша, но таких на танцах - пруд пруди. И все же... он как будто получал заряд от лучей, исходящих из ее глаз. И пока ее не было - заряд иссяк. Ему достаточно было увидеть девушку, как этот заряд стал наполнять энергией, какой-то безудержной радости и свободы. Никогда Артур не играл так на гитаре - вдохновенно, зажигающе.

Количество его поклонниц, подпирающих сцену, увеличилось втрое. Кричали и визжали от его красивых, высоко взятых нот.

В этот раз приглашающим она не отказывала, но особого интереса к своим партнерам не проявляла - Артур это приметил. Иногда они встречались взглядами. Смотрела ли она на него или это было случайно? Может, ее тоже магнитит на него? Как бы там ни было, когда их взгляды встречались, она тут же отводила глаза в сторону. Артур же, после того случая, приглашать не решался. Может, кто-то бегства его не заметил - но не она. И вообще, она была какая-то другая. Если бы ему сказали, что он сбежит, не выдержав взгляда молодой девушки, он бы весело посмеялся. Даже сейчас, когда их взгляды сталкивались, он делал вид, что это случайно, если успевал, конечно, до того, как она отворачивалась.

***

В следующую субботу она не пришла. Как он ее ждал! Он просто пробуравливал взглядом эту дверь, в которую входили брюнетки, рыжие, шатенки, блондинки и просто светловолосые. Потом стал фиксировать их выборочно - только брюнетки. И в какой-то момент понял, что не придет. Оставил дверь в покое.

Девушка появилась в воскресенье. И Артур решился.

Поменявшись с приятелем, стал спускаться вниз со сцены и тут же заметил, как она плавно перешла на другой конец зала. В этот раз он не стал приглашать первую попавшую, а выбрал самую привлекательную из того, что было на выбор.

Когда поднялся на сцену, сразу встретился с ней глазами. И понял - заставить приревновать не удалось. Она смотрела на него прямо, не скрывая усмешки, - разгадала его. Да, она знала себе цену: то что просто так ее не променяешь. Артур сдался ей улыбкой побежденного. С этого дня девушка перестала резко отводить взгляды в сторону.

Артур чувствовал, какие песни ее особенно волновали, - исполнял их часто. Песню же из «Юноны и Авось» старался петь до ее прихода: он понимал, что она связана с каким-то очень близким для нее человеком, - и это был не он.

Однажды из Москвы приехал его друг и спел песню «Запоздалая любовь». На следующей неделе девушка попросила ведущего, чтоб спели ее, но это не входило в их репертуар - ей пришлось отказать. Но Артур уговорил ребят отработать песню. И когда он ее исполнил, она впервые смотрела на него не отрываясь.

В эту ночь было трудно уснуть. Она была загадкой, которую очень хотелось разгадать.

Артур видел, что пробудил в ней чувства, - но почему такая неприступность?..

Он опять и опять приглашал своих поклонниц, пытаясь разжечь ревность и заставить ее сделать шаг навстречу к нему.

Ревность - большая сила!

Но опять видел в ее глазах усмешку.

И вдруг он понял. Боже - какой он дурак! Да она просто гордая. Он - «первый парень на деревне» - одним щелчком мог бы завоевать любую: вон их сколько - его поклонниц. Быть одной среди многих - это не про нее. В то время, когда приглашал других, пытаясь вызвать в ней ревность, он выстраивал стену между ними - таким образом не увеличивая, а наоборот, уменьшая свои шансы. Только появившиеся к нему чувства и догадка - почему он так делает - удерживали ее поблизости от него. Время было потеряно, ему заново нужно было завоевывать ее доверие. Его многочисленные поклонницы не могли понять: почему это молодой человек вдруг перестал танцевать?

Глава 8

Однажды Артур увидел, как после танцев к ней подошел парень, ростом под два метра, и настойчиво стал предлагать ее проводить.

Ранее он приглашал ее на танец и что-то ей нашептывал; по выражению ее лица Артур понял, что ей это было неприятно; она ушла от него не дотанцевав.

Артур почти подлетел к ней:

- Извини, подзадержался. Пойдем?

Здоровила повернулся к Артуру с лицом ничего хорошего не предвещающим. Но почти в мгновение они оказались в кольце ребят из группы; стали подходить и другие, почувствовав неладное. Здоровяк, посмотрев поверх их голов, продолжил свой путь; и все остальные разошлись так же быстро, как и собрались.

Девушка взглянула на него удивленно и в то же время с благодарностью.

- И куда же мы пойдем? - спросила она. От напряжения и чувства отвращения не осталось и следа.

«А ведь она даже не испугалась, - подумал он. - Хотя не могла не понимать, чем все могло закончиться».

У нее было лицо... какое же оно было?.. Да, такое, с каким идут на амбразуру. Когда знают, чем все закончится, но не только стараются не показывать страха - а даже не испытывают его: гордость и благородное презрение со страхом в одном котле не варятся.

- Погода хорошая, мы могли бы немного погулять; а потом, если позволите, провожу вас до дома. Скорее, должен буду настоять на этом. Не хотелось бы, чтобы из-за случившегося вы перестали приходить.

- Именно из-за случившегося я буду теперь вынуждена приходить сюда, - проговорила она чуть насмешливо.

А ведь девушка и на самом деле будет появляться на танцах, чтоб только этот каланча не подумал, что она испугалась. Он все же пра-вильно ее разгадал; хотя это звучит слишком самоуверенно: иногда не только посторонние, но и сам человек не способен понять себя до конца. И по поступкам открывают новое в человеке не только близкие, но и что-то новое узнает о себе и сама личность.

Он же сейчас надеялся на то, что жгучая брюнетка с голубыми глазами, открыв что-то для себя неведомое в нем, сократила бы между ними расстояние хотя бы до общения.

Артур был коренной петербуржец. О том, в каком прекрасном городе он проживает, осознавал только во время долгосрочных командировок. А так… красивые здания, белые ночи - воспетые и воспеваемые писателями и поэтами - были для него привычны. Но в эту ночь все было иначе. Эту красоту в ее апофеозе можно увидеть особенно через призму чувств, данных природой человеку. Чувств, рождение которых остается тайной. Но та, которая есть предмет этих чувств, видима и осязаема - стоит только протянуть руку. Но, как ни странно, у него не было стремления ни дотронуться до нее, ни тем более каких-то других тайных мыслей. Артур наслаждался тем - что она рядом; тем - что слышит ее голос, обращенный к нему. И эти белые ночи, красивая архитектура зданий… в них была музыка - нежная, завораживающая. И эту музыку он слышал внутри себя. Можно ли это назвать любовью? Наверное, еще рано. Но он был счастлив от того, что испытывает неведомое до сих пор для него волшебство. Ему скоро двадцать пять - а испытать эти чувства довелось впервые.

«Но как долго это продлится?..» - мелькнула у него мысль.

Это не важно. Сегодня он счастлив! И он ничего такого не сделал, чтоб его осуждать.

«Пока» - услышал он. И вздрогнул. Только в следующее мгновение понял, что это слово произнесла она.

- Извини, ты что-то сказала?

- Я пришла.

Они стояли у входа во двор дома напротив «Пассажа». Он не заметил, как они оказались на Итальянской улице. Ну да, они же совсем недавно проходили через площадь Искусств, где она указала на школу, в которой училась. Он еще подумал, что она, похоже, тоже питерская.

Артур замешкался: что сказать и… что же дальше? Они стояли у запертых ворот. Каких-либо ожиданий в ее взгляде он не уловил.

- В субботу придешь? Ты обещала, - произнес Артур, улыбаясь, не решившись попросить номер ее телефона. Он узнал, где она живет, и это было уже немало.

- До субботы надо нам еще дожить, но я постараюсь, - сказала она просто и повторила: - Пока!

- До встречи… надеюсь.

Девушка улыбнулась; повернувшись к воротам, стала набирать шифр.

Запикало - и спутница исчезла за воротами, поглощенная двором-колодцем.

43

Глава 9

Получалось, что девушка жила не совсем уж и далеко от него. И объединял их Невский проспект. Правда, от его переулка до Невского проспекта дальше все же, чем от Итальянской до Невского. Да и от Владимирской до Садовой нужно еще пройти - но все же пройти, а не доехать.

Артур до субботы уже дважды побывал в «Пассаже». Пройдя по центральному проходу до выхода на Итальянскую улицу, поворачивал обратно. Артура подмывало перешагнуть через порог массивных дверей, но это было бы все же слишком: он так и видел ее усмешку.

В следующий раз он решил не испытывать

судьбу: не стал заходить в «Пассаж», а, пройдя мимо, пошел в сторону Дома книги. Он любил этот магазин, любил порыться там в книгах. И прежде чем купить ее, Артур просматривал в первую очередь диалоги. В авторских изложениях пытался уловить - не прослеживается ли панибратства с читателем - этого он не любил. Иногда бормотал сердито: «Я с тобой лично не знаком и твоих героев пока тоже не знаю, так что нечего лезть в мою душу. Рассказывай свою историю, а я сам решу: интересна она мне или нет».

Поднявшись на второй этаж, Артур замер на месте.

Она стояла напротив, к нему спиной. Он ее узнал сразу. Склонив голову, она листала книгу. Положив ее, протянула было руку за другой, но нечаянно смахнула книжку, лежащую поверх одной из трех стопок. Она нагнулась - их руки соприкоснулись.

- Вы?
- Мы, кажется, уже на «ты», нет?
- Вы - да! Я еще нет.

Неужели он тогда перешел с ней на «ты» в одностороннем порядке? Он точно был пьян. Но только не от алкоголя, а от переполняющих его чувств.

- Извините!

- Вы тоже посещаете книжные магазины? - поменяла она тему с улыбкой. - Ищете стихи, чтоб положить их на музыку?

- Нет. К великому сожалению, талантом не обладаю таким.

- Но зато у вас хороший голос.

- Вы так считаете?

- Ну вы наверняка об этом знаете и сами, - произнесла она, чуть ухмыльнувшись.

- Подозревал. Но после ваших слов...

- Уже точно уверены, - засмеялась она.

- Мне правда очень приятно это слышать от вас, - произнес он, задержав на ней взгляд.

Она отвернулась.

- Здесь на столы обычно кладут совсем недавно выпущенные книги, - проговорила она, положив оброненную книгу в стопку, в которой она была.

Он заметил покрасневшие мочки ушей.

- Я собираюсь в кафе. Не хотите составить мне компанию? - проговорил Артур как можно дружественным тоном: им нужно было обоим успокоиться.

Он почувствовал, что градус их отношений стал накаляться, - растерялся, он не был еще к этому готов.

- Я иногда хожу пить кофе с пышками на

Большую Конюшенную, - среагировала она на приглашение молодого человека.

- Да? Я ни разу там не был.

- Придется вас сопроводить.

Движения ее стали медленными и мягкими. Артур старался не смотреть на девушку. Стал рассказывать о своей группе, говорил о музыке, о книгах. Говорил много, почти воодушевленно, но в какой-то момент - натолкнувшись на ее взгляд - запнулся.

- Я, кажется, заболтался.

- Ничего. Зато я теперь так много знаю о тебе.

Она сказала о «тебе», и - похоже - это не в плюс. В другой ситуации это бы обрадовало, но здесь что-то было не то.

И девушка не знала главного - он не был свободен. Черт бы побрал эту совесть!

- Мне, пожалуй, пора. - Она встала.

- Ты хотела выбрать книгу, пойдешь опять в книжный?

- Нет. Мне просто нравится иногда в них копаться. Очень сложно найти книгу по душе. А ты можешь продолжить свои поиски.

Глава 10

Ему приснился сон: он мчался на красивой, дорогой машине - взятой напрокат - и чувствовал то, как теряет управление. Машина не была застрахована: если не удержится, ему придется заплатить, не получая взамен ничего.

Артур проснулся, оглядел комнату, еще не понимая, что произошло. Перехватил взглядом фотографию сына. Он по нему скучал и думал о нем каждый день, кроме последних.

Все. Это все. И ничего больше. Все закончилось само собой и почти безболезненно. Что еще она могла подумать, видя, как молодой человек уводит их от той опасной черты. Опасной, впрочем, только для него. Она же - возможно - была готова перешагнуть ее.

Если бы он был свободен... Его держала

нить (Артур посмотрел на фотографию сына), которую он сам не хотел рвать. А точнее - не мог.

В субботу она не пришла, чему Артур не очень-то удивился. Скорее, знал, что так будет, после того как он в кафе буксовал назад как только мог.

Большой зал, наполненный танцующими и музыкой, стал пустым и глухим.

- Ты чего? - уже не выдержал приятель в воскресенье, после его выступления. - Слушай, иди-ка ты домой, а! Не то распугаешь тут всех своими завываниями.

Он долго шел пешком, пока не догадался поймать такси - вернее, частника. На взмах его руки остановились сразу две. В одной машине сидел седовласый мужчина, с другой зазывала его белозубой улыбкой молодая женщина. Он сел к мужчине, который от радости буквально рванул с места, боясь вероятно, что молодой человек передумает.

- Мне на Владимирскую, - все-таки решил Артур уточнить место доставки себя. Но перед самым поворотом скомандовал:

- Езжай прямо, до «Пассажа».

Артур не стал называть адрес, он вышел у универмага со стороны Невского проспекта. Он пока еще не знал, что будет делать дальше. Потоптавшись, зашагал в сторону Итальянской, испытывая злость на свою нерешительность, на свои чувства, которые не мог обуздать, на нее - такую всю правильную, притягивающую к себе с неведомой для него до сих пор силой. Эта его зависимость - приносящая ему боль, переживания и опустошенность - не очень ему, естественно, нравилась.

Он дошел до ее ворот и тупо уставился на номера. Он не знал шифра, но если бы даже и знал, что дальше? «Здравствуйте! Не ждали? А я вот пришел. Хотя прийти обещали вы. А вы не пришли и перевернули мою жизнь с ног на голову. И как мне теперь быть?.. Откуда вы взялись на мою голову?.. Я жил спокойно. У меня, кстати, сын, которого я очень люблю. И пошел бы на многое ради него. Но вы? Почему мне так трудно перешагнуть через вас?.. Но можно же все как-то совместить. Но почему мне кажется, что ты этого не поймешь?..»

- Артур?.. - Она стояла за его спиной. - Номера не защелкают сами только от взгляда, - проговорила она, пытаясь подавить готовую прорваться ухмылку.

Он посмотрел растерянно на нее, а потом перевел взгляд на чемодан.

- Вот хотел узнать, все ли с вами в порядке? Вы не пришли...

- Я же сказала, что до субботы надо еще дожить. У меня образовалась срочная поездка.

- Вот в чем дело? Значит, все в порядке?.. С вами, имею в виду.

- Да… все в порядке… - ответила девушка, внимательно посмотрев на него.

Он почувствовал вдруг такую легкость и такую безграничную радость! Все сомнения и угрызения совести испарились. Чувства вины - как ни странно - больше у него не было: он был слишком счастлив! Разве можно человеку запретить быть счастливым? Для чего тогда жить? Какой смысл?.. Просто в существовании?.. Запретить себе счастье, чтобы только другому не было больно? Но разве другому хорошо от того, что он живет во лжи? И разве другой не имеет права хотя бы на шанс тоже стать когда-нибудь по-настоящему счастливым?

- Входи, раз уж ты здесь, - прервала она закипающие в его голове мысли.
- Ой, да, чемодан ваш, - протянул он руку.
- А разве мы уже не перешли на «ты»?
- Да? Когда?

Вот олух царя небесного!.. Что за глупые вопросы он задает? Радуйся - сегодня твой день!

Девушка как будто подслушала его мысли. Ничего не ответив, она стала быстро набирать код.

- Лень ключи доставать, - проговорила она, входя в открывшиеся ворота, пиканье которых отозвалось в его ушах опьяняющей музыкой.

51

***

Где-то в конце коридора послышался шум.

- Это моя тетя. - И шепотом добавила: - Она у меня очень строгая. Проходи, - сказала она уже нормальным тоном, открывая дверь в комнату, ближайшую к входной двери.

Было непонятно, пошутила она про свою тетю или нет.

Он непроизвольно окинул комнату оценивающим взглядом: было чисто, аккуратно и немного пустовато.

У дивана стояли нагроможденные друг на друга коробки. Она только переехала или переезжает? Спросить было неудобно. Понял, что она заметила вопрос в его глазах. Но она не только не стала разъяснять, но ему показалось, что в ее взгляде отразился тот же вопрос.

- Я пойду поздороваюсь с тетушкой. А ты проходи, устраивайся. Будешь чай или кофе? - спросила она, просунув обратно голову в дверь.

- Все равно... То же, что и ты, - добавил он, заметив, что она продолжает ждать ответа.

- Не люблю нерешительных, - сказала она, чуть нахмурив брови.

- М-м-м... - промычал он, не зная, как ему отреагировать.

- Будем пить кофе.

Она еле сдержалась, чтоб не рассмеяться.

Пошутила. Но почему ему стало вдруг не по себе? Как все же далеко он готов пойти?

Из коридора послышались шаги и голоса. Они приближались. Он приготовился к встрече со строгой тетушкой, но голоса смолкли. Артур почувствовал облегчение при звуке захлопывающейся где-то рядом двери. И не только. Он вдруг обрадовался тому, что тетушка дома и что она строгая. Хотя с чего он решил, что что-то должно произойти. Вот она мужская логика... Он стоял, подпирая ворота, вот его и пригласили на чашку чего там - кофе? чая? Мог бы уж сразу что-то из них назвать. «Да мне все равно, потому что не для этого я сюда пришел», - обрушился он на себя с сарказмом. И очень надеялся, что не так она думает, как выдает его возбужденный мозг.

После того как они попили кофе, Артур ей предложил погулять.

- Извини, я немного устала. Но вот завтра вечером, если тебя устроит...

- Да, конечно, - не дал он ей договорить. - Извини, я не подумал: ты же только с дороги. Тогда до завтра.

Глава 11

Артур не сразу направился домой. Просто бродил, обращая на себя внимание прохожих своей глупой улыбкой. А он видел перед собой только ее необычные - на фоне жгуче-черных волос - голубые глаза. В этот раз больше говорила она. Девушка заканчивала университет, училась на переводчика. Он даже не спросил про языки. Заметил книги на английском; были еще с непонятными, далекими от европейских языков словами, хотя буквы там были все же больше латинские. (Спрашивать он не стал. И выходит, что зря.)

Когда он поинтересовался: куда хотела бы пойти работать, опять увидел во взгляде вопрос, как будто она сама хотела бы найти на это ответ.

- Не знаю еще, - ответила она задумчиво, посмотрев в сторону окна.

Домой Артур пришел уставшим - больше эмоционально, чем физически. Он решил сразу же пойти спать. В ванной, чистя зубы, скосил взгляд на другие щетки. Машинально выхватил их из стаканчика и убрал в шкаф. А войдя в спальню, ногами запихнул тапочки жены под кровать. Ему не хотелось ни о чем об этом сейчас думать. Взгляд его упал на фотографию сына.

- Прости. Вырастешь, поймешь, - виновато проговорил он вслух.

«Но почему сын должен это понять? Нет, сынок, не хочу, чтоб у тебя было то же в жизни, что и у меня сейчас. Дай бог, родной, чтобы ты был счастлив без всяких угрызений совести, без переживаний и боли», - подумал Артур, укутываясь в одеяло, хотя в квартире было совершенно тепло.

***

Артур уже почти засыпал, когда прозвенел телефонный звонок. Добираясь до прихожей, несколько раз наткнулся на мебель. Вспомнил, что забыл подключить сотовую, которую днем предварительно отключил.

Это наверняка звонит жена - и, конечно, сейчас начнется...

- Ты чего? - закричала жена на той стороне провода. - Я почти целый вечер пытаюсь тебе дозвониться.

- Я был на работе, на танцах, - ты знаешь. Я же все равно твоего звонка не услышал бы. И поэтому таскать с собой эту бандуру смысла нет.

Тогда сотовые телефоны были не такими легкими и привлекательными. Приобрел он его после рождения Радика, чтобы быть всегда на связи, в курсе его состояния. Малыш родился слабеньким, поэтому для перестраховки жена с сыном уже второй год на все лето уезжают на море. Мальчишка на самом деле быстро окреп, но страх за его здоровье все еще не покидал.

- Но, придя домой, ты же мог позвонить! - продолжила супруга закатывать истерику - как всегда…

- Ну да… Я просто забыл. - Артур начал откровенно зевать в трубку. Лгать было неприятно, потому хотелось быстрей прекратить этот разговор.

И куда делась девушка с милой улыбкой -

всегда заботливая, даже чуть стеснительная? Как все же ей удавалась при всем этом быть настырной? «В тихом болоте черти водятся» - это точно про нее, Василису. Вся ее показная воспитанность, ум. Хотя какой ум? Она просто умела слушать - так ему тогда казалось, а на самом деле ей нечего было сказать. Странно, она неплохо рисовала; но видно, даже обладая талантом, можно все же быть невоспитанным и недалеким. Родив ребенка, укрепив тем самым их союз, она уже свою сущность не скрывала. Артур иногда с тоской думал: чему она может научить малыша? А у него самого времени на сына оставалось совсем немного - нужно было зарабатывать деньги. Спорить с ней о методах воспитания тоже было бесполезно. Сын внешне был его копией. Это или какая-то духовная связь, не зависимая ни от чего, подсказывала малышу, что отец важный человек в его жизни: Радик любил его сильно. Однажды жена не выдержала и высказалась: «Я столько времени ему уделяю, все делаю для него, а Радик все равно тебя любит больше. Он меня никогда не ласкает так, как тебя». На самом деле, когда он, приехав из командировки, хватал сына на руки, тот просто молча, нежно гладил его по щекам, как будто ему не верилось, что отец опять с ним. И это волновало намного сильней, чем если бы малыш смеялся или визжал от радости, - так он обычно встречал его после работы.

- Тут такое произошло!

- Радик? Что с ним?!

Он окончательно проснулся, сердцу стало тесно в груди. Артуру показалось, что он даже слышит его удары.

- Да нет, нет. Успокойся. Хотя - так тебе и надо! Не будешь в следующий раз забывать.

- Да говори же ты, черт бы тебя побрал! - опустился он до ее уровня.

Как часто он в последний год срывался и как противно ему было за себя постфактум. Он и раньше замечал, как в компании с недалеким человеком начинал и сам глупеть.

На той стороне провода молчали. «Сейчас бросит трубку», - подумал Артур, сжимая от злости телефон. Ему было не до игр - он был сильно напуган.

- Речь о хозяйке, тете Маше, - проговорила она уже примирительным тоном, почувствовав напряжение в ответном молчании мужа. - Она очень сильно ударила колено и почти не может ходить. Ты не будешь против, если мы до конца сентября останемся? Надо бы ей помочь, да и в сентябре самый бархатный сезон.

- Хорошо, - ответил он, даже не подумав: как камень с плеч свалился.

- Правда? - обрадовалась жена, но тут же добавила подозрительно: - А у тебя на самом деле все нормально?

- Да, все нормально, просто устаю. Знаешь ведь, что работаю без выходных.

- Ладно, только телефон свой больше не отключай!

- Давай я все же лучше сам до тебя буду дозваниваться.

Жена спорить не стала; об этом они еще поговорят, а сейчас она была рада, что может еще задержаться. Обычно муж, сильно скучая по сыну, не мог дождаться их возвращения.

***

Сон прошел. Артур вошел в гостиную и, включив свет, окинул комнату взглядом: кругом валялись разбросанные перед отъездом вещи жены и сына - у него так руки до них и не дошли. Поняв, что все равно сразу не уснет, он стал собирать вещи и запихивать их в шкаф. Нащупав и достав ключ с верха шкафа, закрыл его. Обычно он всегда был закрыт. (Однажды сын пропал. И только то, что он не мог выйти из квартиры, не открыв его ключом, не свело его с ума. На самом деле Радика нашли в шкафу уснувшим - сын таким образом спрятался от матери, а та не заметила этого до прихода отца, которого удивило, что сын его не встречает. С тех пор шкаф всегда был закрыт на ключ.)

Все зимние вещи были давно убраны на антресоли. Туда же он убрал и все оставшиеся, не поместившиеся в шкаф вещи: все равно не скоро еще приедут. До конца лета оставалось полмесяца - плюс сентябрь. Сердце его опять забилось, но уже от радости - у него было полтора месяца свободы. В воздухе завитало предчувствие какого-то не испытанного им еще счастья, оно было почти осязаемо. От избытка всего - поначалу страха, затем радости - Артур почувствовал усталость. Буквально свалился в кровать и тут же уснул.

Глава 12

Правду говорят: утро вечера мудренее. Он придумал - он пригласит ее в театр, в Ленсовета. Труппа этого театра была на выезде - лето. Значит, билеты туда достать будет несложно. Артур никогда не посещал спектакли театра из Омска, занявшего подмостки уехавшего на гастроли театра имени Ленсовета. И кто знает, возможно, они его приятно удивят. Но это было не главное. Важным было то, что здание театра находилось недалеко от его переулка. А у него все-таки перед ней должок.

Посещение спектаклей не входило в его времяпровождение; хотя нельзя сказать, что к театру он равнодушен. Просто за неимением времени Артуру приходилось выбирать между музыкальными выступлениями групп (которые довольно часто появлялись в Питере и которые он ну никак не мог пропустить) и спектаклями. Василиса же, неплохо ваяющая, предпочитала художественные выставки, которых в Северной Пальмире тоже было предостаточно. Поэтому развлекались они порознь.

Артур решил вначале купить билеты и только потом пригласить ее. Билеты он достал; их оставалось немного, только несколько дорогих мест. Это его обрадовало, - видимо, театр был хорошим. Или приезжей труппе помогали стены известного и любимого петербуржцами местного театра.

Купив билеты, он сразу пошел домой, чтоб уже оттуда спокойно позвонить ей.

- Это такой сюрприз! Я уже расстраивалась, думала, вдруг не успею посетить их спектакли: они через неделю уезжают, - отреагировала она радостно на его предложение.

Артур победно поднял сжатый в кулак руку. Набрав воздух и выдохнув, спокойным тоном продолжил:

- Значит, встречаемся у театра. Во сколько?

- Я думаю, может, минут за сорок. Тебя это устроит? Я люблю побродить по театральному холлу.

- Ок! Alright! - с совершенным английским произношением (он часто исполнял песни на английском языке) и с непринужденным тоном произнес Артур, хотя в его душе играл во всю мощь победный марш.

На ней было красивое бордового цвета платье, ей оно очень шло. Вокруг в основном женщины были в черном, в цвете - на все случаи жизни. Ей, брюнетке, вряд ли черный цвет был бы к лицу. (Хотя у многих женщин выбора просто не было.) Ее платье, похоже, было импортным. Артур представил: какую ей очередь нужно было отстоять, чтоб приобрести такую красоту. (Теперь-то он понимал, что ни в какой очереди она не стояла.)

От природы волнистые, волосы были под-кручены и красивыми локонами спадали с плеч. (Тогда еще не было модным их выпрямлять. Странные все-таки женщины: они так много делают, чтобы понравиться противоположному полу, и в то же время годами утюжат свои волосы. Ладно бы этим занимались те, у кого они и так прямые - получается аккуратнее, но этой глупостью занимаются и те, кого природа одарила локонами, к которым мужчины так неравнодушны.)

Она не могла не заметить его восхищенного взгляда, щеки девушки покрылись румянцем.

- Кто-то сегодня получит шикарные цветы, - проговорила она, скрывая смущение.

- И кого-то ждут цветы еще шикарнее.

Она удивленно вскинула брови.

- Я живу тут рядом, и я перед тобой в долгу. Кофе на ночь вреден, но у меня есть отменный чай, собранный и высушенный своими руками.

Артур от волнения проговорил лишнее; но слава богу, она не спросила: чьими руками.

- Я потом тебя провожу, нам же не нужен транспорт. И сегодня такая хорошая погода.

Девушка в ответ только слегка улыбнулась. Для него осталось неясным: приняла девушка приглашение или нет?

Артур все же почувствовал облегчение - главное было сказано. В ответ он не услышал «да», но также не прозвучало и «нет».

Глава 13

Артур никак не мог сосредоточиться на происходящем на сцене. Он вдыхал блаженно аромат незнакомых духов, исходящий от нее. Василиса всегда пользовалась одними и теми же отечественными духами, и он так к ним привык, что казалось - это природный запах ее тела. От запаха духов сидящей рядом девушки у него кружилась голова. Разве может быть запах каких бы там ни было духов таким сексуальным? Он вспомнил, что она не сказала ему «нет». Запершило в горле - он, как можно осторожно, откашлялся. К счастью, она была сильно увлечена тем, что происходило на сцене, - иначе что бы она прочитала на его лице. И не только на лице. Он так поспешно закинул ногу на ногу, что припечатал свое колено к креслу переднего ряда. Она повернулась к нему; он же, подперев щеку, устремил свой внимательный - и даже очень внимательный - взгляд на сцену. И все же боковым зрением уловил на ее лице ухмылку. Но Артура это почему-то не очень расстроило - это была не заносчивая, а чуть смущенная, вперемешку с улыбкой ухмылка.

Вынудив себя созерцать представление, он потихоньку стал втягиваться в сюжет пьесы. Когда героиня получила известие о гибели своего мужа, Артур увидел во взгляде сидящей рядом девушки то же выражение, на которое он наткнулся на танцах в первый раз. Она сидела крепко сжав подлокотник кресла. Он протянул руку и положил поверх ее руки. Рука девушки расслабилась, но не для того, чтоб ответить ему, - Артур почувствовал ее судорожную попытку высвободить руку. Он осторожно убрал свою, стараясь сделать это как можно естественно.

Нет, она страдала не от безответной любви, девушка кого-то потеряла. Но кого?.. Все же любимого?.. В нем перехлестнулось чувство жалости и ревности. Конечно, они не были так близки, чтоб ему доверили самое сокровенное.

У девушки все же был не простой характер. Нужно было время, чтоб понять ее. Но есть ли оно у него?.. Почему он, никогда не думавший, как ему вести себя с той или иной девушкой, обдумывает каждый свой шаг и боится сказать что-то не то? С женой могли рассориться в пух и прах, и через пять минут с ним разговаривали как ни в чем не бывало: не было ни обсуждений тем их ссор, ни поисков компромиссов. А стала бы она обсуждать и искать компромиссы?.. Да нет, наверно, просто повернулась молча и ушла; а он ей еще предложил пойти к нему домой среди ночи. О чем он думал? Надо как-то выйти из этой ситуации.

На счастье, печальная весть была ошибкой: герой оказался жив; и история в конце концов закончилось счастливо. Наверное, из зрителей больше всего был рад такой концовке Артур: он заметил, как она потихоньку расслабилась и успокоилась. Может, все-таки его рукопожатие тоже как-то помогло. Иногда достаточно, что ты не один, когда тебе плохо.

- К тебе куда?.. Туда?.. - показала девушка правильное направление, догадавшись, потому, вероятно, что он лицом стоял по направлению к метро «Владимирская».
- Туда.
Он чуть не поперхнулся.
- Ты... может, устал?
- Нет, я просто не надеялся, - сказал он правду: что-то придумывать не было времени, да и ума в таком состоянии не хватило бы.
- Мы ведь идем к тебе просто пить чай, -

проговорила девушка, выделив слово «просто».

- Да, конечно. Если хочешь, можем зайти в кафе, - перестраховался Артур. - Рядом с моим домом есть небольшое кафе, - продолжил он автоматически, не контролируя себя. Главное, не молчать тупо. Хотя он уже сказал глупость: почему надо идти в кафе рядом с его домом, а не рядом с театром?

- Но в кафе вряд ли есть собранный своими руками чай, - выручила она его, совсем уже загнавшего себя в угол.

«Издевается она надо мной или говорит всерьез?» - страдальчески подумал он. Всерьез вряд ли - в глазах были смешинки. «Да я ей просто нравлюсь, - вдруг догадался он. - И она уверена в моих к ней чувствах. Еще бы не быть!»

Ему тотчас стало легко, и он сразу обрел уверенность.

- Нет, - сказал он весело, - такого чая, как у меня, там точно нет.

- Но что же мы тогда стоим? - спросила она, улыбнувшись ободряюще.

- Может, все-таки ты что-нибудь захочешь из нашей кафешки? - спросил Артур, когда они поравнялись с небольшим кафе, находящимся напротив его дома.

- Хорошо… зайдем вначале туда. Вообще, честно говоря, я не сладкоежка.

- Это видно, - среагировал Артур, взглядом окинув ее фигуру.

Девушка ухмыльнулась, но в то же время тотчас покрылась румянцем.

Как это все в ней могло сочетаться: ум, чувство юмора, заносчивость и - застенчивость?

- Ой!.. Вишневый штрудель!.. - по-детски радостно воскликнула она. - И здесь так вкусно пахнет кофе. Может, давай все-таки выпьем по чашечке, а у тебя уже запьем чаем. Ты знаешь, после кофе обязательно надо выпить воды, ну а твой чай, травяной, очень даже будет к месту.

Вишневый штрудель ему тоже понравился. Жена иногда делала выпечки, но не штрудель конечно.

Глава 14

Артур провел ее сразу в гостиную. На журнальном столике в вазе стояли на самом деле шикарные цветы.

- Какая красота! Да, мне повезло больше, чем той актрисе.

«Уж не приревновала ли она меня?..» - запоздало подумал он.

Усадив ее на диван, Артур дал ей журнал и ушел на кухню. Кухня - место женское, и она - с ее женским взглядом и чутьем - могла понять, что здесь хозяйничает женщина.

Вскипятив воду, перелил ее в термос.

- Тебе помочь? - поднялась она с дивана.

- Нет-нет, сиди, я сам. Чувствуешь запах? - спросил он, открывая коробку с высушенной травой (решил чай заварить при ней).

В первую очередь ароматный запах травы достиг его ноздрей, напомнив ему, кто собирал эту траву и кто вечерами искусно заваривал ее.

Из этой коробочки, как джинн из лампы Аладдина, вылезла его жена. Артур увидел ее настолько явственно, что выронил коробку из рук. Трава рассыпалась по полу.

Артур машинально нагнулся, чтоб поднять коробку.

- Оставь... - услышал он произнесенное тихим голосом.

Он поднял на нее глаза. Нет, в ее взгляде не было усмешки. Понимала ли она, как смотрит на него, какие сигналы непроизвольно подает ему. Ее взгляд, проникая в глубь его души, задевал и оголял нервные окончания, увеличивая количество ударов его мужского сердца, обычно выдерживающего большие физические нагрузки, - сердца, затрепетавшего от одного ее зовущего взгляда. И все сомнения, угрызения совести с его стороны, осторожность и недоверие с ее стороны - все это куда-то улетучилось. Они стояли друг против друга - молодые мужчина и женщина - готовые распять и быть распятыми во имя низменного и возвышенного, боли и наслаждения, жизни и смерти.

Он шагнул к ней. В ее глазах мелькнуло запоздалое сомнение - и угасло, утонув в его горячем поцелуе.

Дорогое бархатное платье упало на пол и осталось лежать там до утра, впитывая в себя ароматный запах высушенной травы.

***

На другой день, выметая несостоявшийся чай, Артур обнаружил под диваном любимую игрушку сына. «Я люблю тебя, - произнес он, сжимаю игрушку в руке. - Но ее я тоже люблю так же сильно, как и тебя. Моей любви хватит на вас обоих. Я обещаю тебе!»

Перед сыном обещание он сдержал. Но хватило ли любви к ней, чтобы не разбить ее сердце на мелкие кусочки?

Кто-то позвонил в дверь - Артур вздрогнул. Хотя бояться ему было нечего: он уже был один. Оказалось, все же не зря боялся: пришла Соня - жена Владимира. Впускать ее в квартиру без разбросанных игрушек и женских вещей было бы непредусмотрительно.

- Привет, а я к хозяюшке.

- Они не приехали еще, - зевая, показывая всем своим видом, что она не дала ему доспать, проговорил Артур.

- Как?.. Сегодня же уже первое сентября, -

удивилась подруга Василисы, окидывая через его плечо прихожую.

- Они остались еще на один месяц.

Он не стал объяснять почему, а только еще сильнее продолжил зевать.

- Извини, мне вечером на работу - надо бы выспаться. Жена позвонит тебе сама сразу, как приедет, - предостерег он подругу Василисы от нового непрошеного для него визита.

Он очень надеялся, что у нее нет телефона его супруги (подруга жены наверняка что-то заметила). Ну и бог с ней! Главное, чтоб не побеспокоила домочадцев до их приезда, дала им спокойно отдохнуть. Хотя… это ли его больше беспокоило? Артур не стал спорить со своей совестью - все равно лавину уже не остановить. Успеет ли он от нее отскочить или окажется под ней - время покажет. Но уже ничто на свете не сможет заставить Артура повернуться спиной к своему счастью. Пусть даже недолговечному.

Глава 15

Как быстро летит время! Артур старался посвятить ей каждую свою свободную минуту. На танцах теперь уже работать приходилось больше напарнику; но тот не возмущался, видя безумно счастливые глаза своего друга, когда он, обвив руками свою возлюбленную, кружился с ней в медленном танце.

Они часто встречались у Артура. И это его радовало до тех пор, пока до конца сентября не осталась всего неделя.

«Я должен с ней поговорить, сегодня же», - решился он, понимая, что дальше тянуть уже некуда. Они вместе найдут какой-нибудь выход. Она его любит - он это чувствовал. И - «не отрекаются любя». На это была вся надежда.

Она позвонила ему раньше:

- Ты во сколько освободишься?

- Как всегда, в шесть.

- Значит, в семь тебя жду у себя.

- У тебя? А твоя тетя?

- Я тебе потом все объясню.

- Хорошо.

Хорошо... У него есть еще один день... У него появилась причина передвинуть разговор хотя бы еще на один день, он уже начал было сильно нервничать по мере приближения конца рабочего дня.

Это могло стать и концом их отношений.

***

- Наконец-то я могу принять тебя у себя. Я давно об этом мечтала, - поприветствовала она его радостно.

- Куда же подевалась наша строгая тетушка? - отреагировал Артур шутливо. Хотя на самом деле его всерьез интересовал вопрос не куда, а как надолго.

- Куда уехала - это не совсем интересно. Интереснее то, что тетушка уехала навсегда, - ответила девушка на не озвученный им вслух вопрос.

(Только позже он поймет, как важен был

для него ответ именно на заданный им вопрос.)

Это был один из счастливейших вечеров. Ему казалось, что лучше того, что у них было, быть не может. Возможно, из-за того, что она была у себя дома, ничто ее не удерживало в выражении страсти и любви. То, что делала жена, чтоб доставить ему полное удовольствие, заканчивалось в то же мгновение, как оно было получено, оставляя ощущение какой-то вины перед ней, стыда за себя. Как будто они с женой оба использовали друг друга. Жена - чтобы его удержать, завоевать к себе расположение; он же - хорошо понимая это - получать удовольствие, которое почему-то постфактум казалось низменным, развратным. И как он себя ни убеждал, что они супружеская пора, - никак не помогало. Только в эту ночь он понял, что когда любишь, нет границ в проявлении этой любви. То - что казалось низменным - стало возвышенным. Он готов был целовать каждую клеточку ее тела - она отвечала тем же. Не было ведомого и не было ведущего - они превратились в единое целое; пот, стекающий с его тела, соединялся с потом ее тела. И прикосновение ее губ к самой чувствительной части вызывало в нем взрыв страсти и неудержимого счастья и любви к ней. Он впервые понял: что значит принадлежать друг другу целиком, без остатка.

- О, мой бог! - проговорил он, откинувшись.

- Я как раз хотела сказать тебе то же самое,

- засмеялась она. - И я вся мокрая. Любимый, и ты тоже. Нам, по-моему, пора в душ.

Но, обессиленные, они провалялись еще с полчаса.

В душе он не удержался: обняв ее сзади, провел руками по ее упругим грудям. Она прислонилась к нему, придвинув его к стенке. Его рука автоматически поползла вниз. Она застонала. Он развернул ее.

- Сожми бедра, - попросил он после того, как беспрепятственно вошел в нее.

Чтоб до соседей не доходили ее стоны, он освободил одну из своих рук, сжимающих ее ягодицы, включил кран на всю мощь. Казалось, вода - сильным потоком массажируя их тела - тоже включилась в любовную игру.

Уставший, но счастливый, Артур не хотел уходить. Но остаться сейчас было бы большой ошибкой. Она должна привыкнуть к тому, что он не будет ночевать у нее: до приезда членов семьи оставалось меньше недели. Он потом уже все спокойно обдумает. Какой-то выход должен быть: он не сможет жить без нее.

- Два раза подряд?.. Я не знала, что такое может быть, - прервала она его мысли.

- С тобой такого раньше не было?

Артур пытался - как мог - скрыть произошедший внутри него взрыв ревности: он вдруг вспомнил тот ее взгляд - реакцию на его песню.

- Нет, не было, - тихо сказала она. - Он меня очень любил, а я просто искала в нем утешение.

Утешение? Ему очень хотелось узнать ее историю, но он вспомнил, о чем он должен был с ней поговорить. Нет, от этой темы нужно было уходить, тем более что у него появилась возможность отодвинуть ее.

- Ты сегодня была фантастична. Это место, видно, особое.

- Ты не против, если мы будем встречаться здесь?

- И ты еще спрашиваешь? Только ночевать буду уходить к себе, мне удобней добираться на работу оттуда: никогда не знаешь, какие бумаги нужно прихватить на фирму, - проговорил он как можно ровным голосом, скрывая радость от того, что все так хорошо устраивается.

Глава 16

Только увидев Радика, Артур понял, как соскучился по нему. Он целый день почти не спускал его с рук. Сын же готов был заскочить за ним в ванную, куда он якобы пошел в туалет, на самом же деле надо было срочно позвонить ей. Артур так с ней и не поговорил. Ему было страшно, - страшно, что все оборвется. Он уже понимал, что сделал ошибку, не поговорив с ней раньше. Теперь он вообще был связан по рукам и ногам.

- Привет! Извини, я сейчас занят, поэтому много говорить не могу. Хотел тебе сообщить только, что не смогу прийти. Понимаешь...
- Артур, тебе не нужно ничего объяснять. Достаточно того, что я знаю, что ты сегодня не

придешь. Да и мне нужно писать дипломную.

Хорошо, она не сказала, что доверяет ему. Хотя об этом говорят, именно когда тебе не доверяют. Раз не сказала – значит, доверяет. Ему, конечно, лучше от сознания этого не стало.

Тяжесть от этих мыслей сразу исчезла, как только Артур опять подхватил на руки сына, поджидавшего его за дверью.

***

Прошло больше двух недель, ему каким-то образом удавалось совмещать семейную жизнь и встречи с любимой. Она готовилась к защите диплома, он забегал к ней не более чем на два часа. А затем она, позвонив ему, сообщила, что уезжает на неделю. Он не стал спрашивать куда: таким образом, может, и она не будет задавать ему лишних вопросов. К тому же через неделю у него был день рождения, жена точно захочет отметить его.

Так все и вышло, жена даже уже и ресторан выбрала.

Они заканчивали трапезу, когда он заметил, как сын смотрит на кого-то находящегося за его спиной. Так обычно смотрят в ответ на чей-либо прямой взгляд. Артуру стало неприятно:

кто это там разглядывает его сына? Он не очень любил этот ресторан, сюда часто заглядывали мужчины другой ориентации. И почему жена выбрала именно его? Он сердито обернулся. И почувствовал, как резко стали неметь ноги, - хорошо еще, что он сидел, а не стоял. Сзади - у выхода перед дверьми - стояла она и широко открытыми глазами смотрела в упор на Радика. Сын же его - скорее - смотрел не на нее, а на необычную игрушку, которую она держала в руке. «Откуда она ее достала?.. - подумал он машинально. - И что она здесь вообще делает?» Почувствовав взгляд Артура, она на мгновение перевела свой на него; затем сделав шаг назад, резко повернулась к выходу.

В это время распахнулась дверь.

Она отпрянула.

Артур увидел, как из-под правой ее брови потекла кровь.

Он вскочил.

Жена, все это время сосредоточенная на десерте, схватила его за рукав пиджака.

- Ты куда? - спросила она со странным (в такой ситуации) ровным голосом, но держалась за его рукав крепко.

- Расплатись, и возвращайтесь домой, мне нужно по делу, - произнес он, нервно вытащив из кошелька деньги и бросив их на стол.

- Хорошо, - спокойным голосом произнесла жена и, обернувшись, позвала официанта.

- Я приду поздно. Не ждите меня.

Артуру показалась, что Василиса ничего не заметила. Но даже если бы и заметила. Ему в данный момент было все равно, чем закончится его семейная жизнь. Артуру хотелось сейчас только одного - помочь ей: он видел, как ей было больно. Артур думал об испытанной ею физической боли, а о другой же - невидимой - старался не думать.

Выскочив на улицу, стал искать ее глазами. Девушки нигде не было, хотя улица хорошо просматривалась. Не через парк же она пошла... (Он вспомнил ее неуверенный взгляд, когда он предложил прогуляться по ночному парку.)

***

Подойдя к воротам, он набрал знакомые номера. Войдя уже во двор, впереди себя Артур увидел пожилую женщину. Было понятно, что она направляется к ее подъезду. Прибавил шагу. Женщина, открыв дверь и увидев рядом с собой незнакомого мужчину, недоверчиво покосилась на него. Он уверенно шагнул внутрь и побежал по лестнице наверх. И только оказавшись у ее квартиры, Артур подумал: что же он ей скажет? Призадумавшись, прислонился к двери и чуть не упал - она было не заперта.

Войдя в прихожую, он обнаружил на полу сумку, ключи и плащ.

Артур повесил плащ, положил сумку на тумбочку, закрыл дверь, ключ не стал вынимать.

Она сидела на кровати, смотря перед собой. Под бровью была заметна запекшаяся кровь. Девушка не сразу его заметила - заметив, не удивилась.

«Она бы не удивилась, если бы даже сейчас в ее квартире оказался цирк шапито», - почему-то подумал он.

Некоторое время смотрела на него молча. Он тоже молчал. Ему казалось, если он сейчас заговорит, его голос ударит громом в этой мертвой тишине.

- За что?.. За что ты так со мной?.. - почти безучастно наконец произнесла она.

- Прости... Я не решался сказать... Боялся потерять тебя. Ты знаешь, как я тебя люблю.

- Когда же ты меня полюбил?.. Сразу, как увидел со сцены?.. Или в тот момент, когда понял, что не побегу за тобой, каким бы ты не был красавчиком и каким бы завораживающим голосом ты ни обладал? И в какой части твоего сознания были твоя жена и твой сын, когда ты добивался меня?.. И когда ты влюблял меня в себя, ты обо мне подумал?..

Лицо ее оживало.

Но не на такое оживление он надеялся. Оно оживало перекошенное болью.

- Я шла по темному парку (раньше я даже днем там одна боялась ходить), шла и думала: «Ведь убивают людей на улице, если бы кто-нибудь это сделал со мной».

- Что ты говоришь!

- Я никогда тебе об этом не говорила. Мне просто тяжело об этом говорить. До сих пор тяжело. Меня ведь тогда на танцы уговорили пойти мои подруги, чтоб отвлеклась, так как я полгода сходила с ума из-за отца. Вечером мы играли в шахматы, шутили - а утром его не стало. Знаешь ли ты, каково вот так потерять? Неожиданно... не попрощавшись...

- О боже! Родная... - Он осекся.

- Ты на самом деле вдохнул в меня жизнь, стал моей соломинкой, - так мне казалось. А ты все это время жил в свое полное удовольствие! Позволял жить себе в удовольствии! Что же, пока возможно, почему отказывать себе, правда? А то, что конец для кого-то может стать крахом, жизнь его разбиться и разлететься на мелкие кусочки... Что ты на меня так смотришь?! Ты, который только имел, но никогда не терял!.. Бывает невозможным потерять раз, а дважды...

- Я теряю тебя, - тихо проговори он.

Она закрыла лицо руками.

- Пожалуйста, не плачь!

- Я не плачу... У меня нет больше слез.

84

Нет, лучше бы она плакала.

Она устало опустила свои руки. На лице ее появилось полное безразличие и опустошенность. Что-то было похоже на то, как он первый раз пытался подойти к ней, а она остановила его холодным, безразличным взглядом. Только свернуть было некуда. Уйти сейчас - значит потерять ее навсегда.

Она легла на неразобранную кровать. Лицом к стене. Артур тихонько сел в кресло. Так прошло полчаса - она не шевелилась. Иногда ему казалось, что она спит; но именно потому, что она не двигалась, он понимал - нет, не спит.

- Уже поздно. Тебе надо уходить.... Иди же... - сказала она, не оборачиваясь.

Он встал. Хотел дотронуться до нее, но не решился. Если бы было возможно, Артур бы остался. Но по ее тону он понял, что у него такой возможности нет.

***

Артуру даже хотелось, чтоб жена устроила скандал. Ему хотелось кричать! Спорить! Доказывать свое право на счастье! И на что же рассчитывают женщины, подлавливая мужчин на крючок: на вечную любовь? на преданность? на счастливый брак?

85

Но, как ни странно, Василиса не только не устроила скандала, но было похоже, что она не поняла того, что произошло в ресторане. Или она притворяется? Но не на столько же!

Вышел из детской полусонный сын.

Если она делает только вид, что ничего не случилось, - бог с ней. Слишком дорог для него был малыш, который соединил их.

Глава 17

Прошел месяц. Артур продолжал играть на танцах: в выходные не надо было находиться дома. Дом, как и вся жизнь его, стал для него безразличным.

Удивительно, когда была она, ничто в доме не раздражало и не было ощущения пустоты. Он был мил и дружелюбен с женой, выполнял свой супружеский долг, не ощущая никаких неудобств и угрызений совести. Или, наоборот, как раз старался как-то возместить свою вину. Где-то внутри он оправдывал себя: жена знала, что любви у него к ней никогда не было. Если бы не сын... Впрочем, потом... обо всем можно подумать и решить потом... И кто знает, как она среагирует. С ее моралью... Он так долго ее добивался...

И теперь - когда он принадлежал только своей супруге и не надо было ему напрягаться, чувствовать себя виноватым - теперь он, придя с работы, тупо смотрел в телевизор, ничего там не видя; шел в спальню, зарывался в одеяло и старательно ровно дышал, как обычно дышат в спокойном, глубоком сне.

Когда их взгляды столкнулись, Артур чуть не выронил гитару из рук. Она пришла через месяц. В момент, когда он ее заметил, он пел ту же песню, когда увидел ее в первый раз. Она стояла недалеко от выхода, прислонившись к стене. По ее щекам текли слезы.

Встретившись с ним взглядом, она тут же отвернулась и вышла.

Допев куплет до конца и крикнув второму солисту, танцующему с одной из своих поклонниц: «Замени меня», выбежал из зала.

Ее нигде не было.

Выскочив на улицу, увидел ее уже далеко впереди.

На минуту замешкался.

Рванул к машине.

Притормозив рядом с ней, открыл дверцу машины.

- Прошу тебя, сядь!

Она остановилась, посмотрела на него. Он почувствовал ее внутреннюю борьбу.

- Пожалуйста, прошу тебя! - повторил он свою просьбу ласково и убедительно.

Она села.

Какое-то время они ехали молча. Доехав до парка, он резко остановился - больше не было сил.

Девушка прильнула к нему солеными от стекающих слез губами.

- Скажи, скажи, что не любишь! Скажи, что это была игра, развлечение!.. Помоги мне!.. Я гордая. Во всяком случае, я так всегда думала. Скажи! Сделай что-нибудь, чтоб я разочаровалась в тебе!

Он взял ее лицо в свои руки; отстранив от себя, посмотрел на нее удивленно.

- Трудно оторваться от любимого, когда понимаешь, что он тебя любит. Хотя осознаешь, что вам нельзя быть вместе, - продолжила она, отвечая на его немой вопрос. - Да, знаю, что любишь; что ты попался в сети так же, как и я. Тебе, должно быть, тяжело. Возможно, тяжелее, чем мне. Сейчас впереди у меня пустота. Но за ней есть все же какое-то будущее, надежда на лучшее. А что же будет с тобой?

- Я подумаю. Дай мне немного времени, - тихо, умоляюще проговорил он.

- У тебя нет времени... У тебя есть сын... Если бы я его не видела... Я подумала: могла бы я оставить ребенка из-за мужчины? Никогда!.. Нет! Никогда! - повторила она.

- Да, вам - женщинам - в этом отношении легче: дети почти всегда остаются с вами.

- Но ведь их делаете вы…

Да, он об этом ни раз думал, когда с ним произошла эта история. После зачатия ребенка женщина может одна принимать решение - иметь его или нет. Мужчина может решать - хочет стать отцом или нет - только до зачатия.

- О чем мы?.. Я не могу без тебя! Просто схожу с ума! Ты же не уйдешь сейчас? Прошу тебя, дай мне все же время.

- Поехали.

- Куда?

- Ко мне.

Они занимались любовью с такой страстью, как пьет воду странник, долгие часы проблуждавший в знойной степи: взахлеб, держа стакан дрожащими руками.

Артур решил остаться. Утром ему ничего не останется, как все объяснить Василисе. И сделать тем самым шаг вперед. Пока в неизвестность, но все же вперед.

Но ей его идея не понравилась.

- Ты же не хочешь, чтобы тебя ночью по моргам разыскивали?

Артур об этом на самом деле не подумал. Жена в первую очередь позвонит его родителям, да и своих поднимет.

- Я приду завтра. Сразу же, как освобожусь после работы, - пообещал он.

Глава 18

Артур, войдя в квартиру, понял, что они зря беспокоились: никто его по моргам разыскивать не собирался. Время было два часа ночи, и жена с сыном, похоже, уже давно отошли ко сну. Он пошел на кухню попить воды: пересохло в горле. Слишком много было пережито за день.

Включив свет, сразу заметил лежащий на столе лист бумаги. Его охватила мелкая дрожь. Предчувствие его не обмануло - Радику опять стало плохо.

Он знал, в какой больнице их надо искать.

Хорошо, в такое время транспорта мало на дорогах, - к счастью, нигде не было видно и стражей порядка. Он выжимал из машины все, что было возможно.

Артур увидел сидящую на стуле жену, из

палаты вышел врач. Пока она вставала, Артур уже стоял перед доктором. Лечащий врач его узнал. Ему показалось, в глазах его был укор.

- Как он? Что с ним?

- Вы же знаете, что ему нельзя ни шоколад, ни орехи. А в шоколадных конфетах «Белочка» орехов довольно много. Хорошо, ваша супруга вовремя привезла его.

«Белочка»? Откуда в их доме «Белочка»?.. Она иногда приносила гостинцы. Неужели? Но он абсолютно не помнит, чтоб они ели шоколад с орехами.

Но это потом, это все потом. При мысли, что сын мог задохнуться, ему свело скулы.

- Кто из вас останется с ребенком?

- Я!

Василиса не возражала; да было бы, наверное, бесполезно протестовать: на Артура было страшно смотреть.

На другой день сын чувствовал себя уже здоровым, но жена решила перестраховаться, и сын пролежал в больнице еще несколько дней. Василиса приходила и уходила, он же все время был рядом с сыном.

Прошла неделя, прежде чем он пришел к ней. Но на его звонок в дверь никто не ответил. (Артур не стал ей звонить на трубку: не хотел объяснять о случившемся по телефону.)

Девушка, по всей вероятности, обиделась - но он ей все расскажет, и она, конечно, поймет.

Но Артур никак не мог застать ее дома. И когда он пришел уже в четвертый раз, дверь открыла незнакомая ему женщина.

- Вам кого?

- Вику. Викторию. Она живет здесь. Жила... - добавил он, вдруг с ужасом поняв, что произошло.

- Да, но Виктория больше не живет здесь, - подтвердила женщина его догадку.

- Где... куда она выехала?

- Вот этого я вам сказать не могу. Не знаю, - смягчилась она, заметив, как лицо молодого мужчины становится белым. - Зайдите, может, воды попьете?

- Нет, не надо. Мне ничего больше не надо, - пробормотал Артур как в бреду и, буквально заплетаясь о собственные ноги, стал спускаться по лестнице.

За что? За что бог посылает ему испытание за испытанием. Возможно - это и есть цена за вымоленное здоровье сына...

Глава 19

Он сидел в открытом кафе на втором этаже и сверху наблюдал за гуляющими по Bulevardi.

В голове вдруг зазвучали последние строки из песни - из той, сразу же полюбившейся ей:

Наверное, всю жизнь
Я буду вновь и вновь
Чуть с грустью вспоминать
Ту первую свою любовь.
И пусть она прошла
Без твоего тепла,
И все ж она была,
Да, была!

«Почему Вика выбрала именно эту песню? Интуиция, что так и будет? Или потому, что я был первой любовью в ее жизни?» - подумал он.

Артур опять увидел русскоязычного своего спасителя, он ехал по маленькому эскалатору на его этаж. Поднявшись на второй этаж, он посмотрел вниз, затем пошел наливать кофе.

«Ждет кого-то», - догадался Артур.

Русскоязычный, купив кофе с круассаном, стал оглядывать столы. Мест было много, но ни одного пустого стола. Когда их взгляды встретились, Артур кивнул приглашающе.

- Теперь уже «здравствуйте», - пошутил мужчина, усаживаясь; но тут же приподнялся и, подав ему руку, представился:

- Александр, Саша.

- Артур, - представился он, крепко пожав Александру руку. - Так как же все-таки: Саша или Александр? - пошутил он, чтоб разрядить обстановку.

- Я все путаюсь. В России звали Сашей, местные меня называют только Александром.

- Да, это имя для финнов очень знакомо.

- И любимо, - заметил тезка российского царя.

- Они, наверное, даже и не знают, что ими почитаемого и любимого царя во дворце называли так же Сашей, Сашенькой... Вы, значит, местный? И как вам здесь?

Александр почувствовал, что вопрос ему задают не праздный.

- Да, уже почти пятнадцать лет прошло, как переехали. А вы… случайно… не собираетесь тоже сюда? - по-своему истолковал его интерес Александр.

- В Финляндию? - удивился вопросу Артур. - Нет-нет.

Это прозвучало так, как будто кто-то насильно его собирается сюда перевезти. Потому извиняющимся тоном добавил:

- Мне нравится эта страна: столько зелени, воды, воздух обалденно чистый. Но я коренной петербуржец, - коротко пояснил он, как будто этого было достаточно, - во всяком случае, для него.

- Ну а мы с женой из российской глубинки, так что к хорошему адаптировались быстро. Хотя скучаем, конечно же. Вначале старались заводить знакомство с местными. И именно после того, как этих знакомств стало много, сильно потянуло к своим. Ну а наших, знаете, наверное, сейчас здесь предостаточно. И не только ингерманландцев. Разные мы все-таки. Финнов не поймешь: говорят они от души или просто поддерживают разговор. А после, когда начинаешь спорить, закипая, по-нашему (по-русски), наталкиваешься на их недоуменный взгляд. Финны умеют быть сдержанными, хотя разнообразия в их характерах хватает.

- Вы, значит, ингерманландец?

- Я? Нет. Я русский. Жена ингерманландка.

Но все равно что русская, родилась-то в России, то есть в Советском Союзе. А вот и она.

Увидев женщину, пробирающуюся между столами к ним, Артур подумал, что принял бы жену новоиспеченного знакомого за местную: высокая, ширококостная, с бледным лицом, со светло-голубыми глазами. Ей бы не помешал макияж - уж совсем была невзрачная. И выражение лица очень напоминающее лицо жены в плохом настроении.

- Привет! - поприветствовала она своего супруга. - Здравствуйте, - отдельно поздоровалась женщина с Артуром.

- Здравствуйте, - ответил Артур, засомневавшись: нужно ли ему самому представиться или подождать, когда его представят.

Но женщине, похоже, было не до него.

- Мы же договорились внизу встретиться, - недовольно, но сдержанно проговорила она, обращаясь к мужу.

У Артура появилось сочувствие к «брату по несчастью». Но тот среагировал спокойно на нападки жены:

- Ты, дорогая, как всегда, опаздываешь, а мне захотелось кофе. Могла хотя бы позвонить, что задерживаешься. Как ты догадалась, что я здесь?

- А где тебя еще искать, как не за чашкой кофе. А это кафе самое близкое к месту нашего свидания. Быстро мой муж перенял привычку финнов - пить кофе как воду, - обратилась она уже к Артуру.

- Но если его не пить, можно здесь пребывать в сонном состоянии двадцать четыре часа в сутки. В России-то, там где мы жили, было нормальное атмосферное давлением. То, какое оно - низкое или высокое, нас абсолютно не волновало.

- В Питере, к сожалению, проблема та же, - заметил Артур.

- Вы из Петербурга? - спросила женщина с любопытством.

- Да, и зовут меня Артур, - не выдержав, представил он себя сам.

- Лаура, - кивнула она ему. - Мы иногда с девчонками ездим туда на корабле. Во время распродажи можно купить недорогие билеты на всю каюту.

- Что же ты сегодня не едешь? Собиралась же, - проговорил муж спокойно-нейтральным тоном.

Но Артуру показалось, что он разочарован решением жены остаться.

- Ты знаешь причину.

- Могла бы взять вторую каюту.

- Сейчас лето, а летом даже распродажные билеты не столь дешевые. Все относительно - ты же понимаешь.

- Вы, случайно, не знаете Викторию?

Он запнулся: он не знал ее фамилии. Это выглядело конечно же смешно: мужчина ищет женщину в чужой стране, зная только ее имя.

- Вы уж не брюнетку ли нашу с голубыми глазами ищете?

По всей вероятности, на его физиономии отразился эффект разорвавшейся бомбы. Артур подметил, как на лице женщины вырисовалась ухмылка. Но он не мог ничего сделать со своим выражением лица: его расширенные глаза не уменьшались и челюсть никак не хотела возвращаться на место.

Неужели он нашел Вику?.. Вот так просто - сходу?.. А вдруг это не она?.. Нет! Жгучая брюнетка с сочно-голубыми глазами - такой больше быть не может!.. Во всяком случае, в Финляндии - в стране натуральных блондинок.

Александр смотрел на него изучающе и, кажется, не был удивлен его реакции.

- Виктория, кстати, замужем и очень даже удачно, - больше обращаясь к своему мужу, высказалась Лаура.

Он не ошибся в своем первом впечатлении по отношению к ней. В данный момент он ее просто ненавидел. За то, что была опасность, что больше ничего о Вике не узнает; за то, что Виктория была удачно замужем и за то, что, возможно, давно его забыла.

- Лаура, принеси, пожалуйста, салфетку, - попросил супруг, после того как его чистая салфетка упала на пол.

Артуру показалось, что он ее обронил сам, специально. И не только ему: он увидел, как его жена ухмыльнулась, но за салфеткой пошла.

- Вы на корабле сюда и обратно?

- Да, - удивился Артур догадливости Александра.

- По тому как вам было трудно разобраться в метро, было понятно, что вы первый раз здесь не на машине. И вы не похожи на тех, кто сюда ездит на автобусах за шмотками.

- А-а.. - почти безучастно среагировал он. Артур ждал главного: не для этого мужчина скидывал свою салфетку на пол.

- Я это к тому, - догадался Александр о причине нервозности новоиспеченного знакомца, - на этом же самом корабле отправляется сегодня в путешествие и Вика с подругами. И моя жена тоже должна была поехать с ними, но Нина - их общая подруга - захотела взять с собой дочь. Мест в каюте не осталось.

Артур слушал, стараясь не пропустить ни единого слова. Он уже не удивлялся такому совпадению: Артур уже дома почувствовал, что увидит ее, но боялся верить. Значит, Вика там будет с подругой Ниной и ее дочерью. Все это было важно, потому что все это было связано с ней, с Викой. И эти люди, о которых он недавно не знал ничего, тоже стали ему важными, даже жена Александра получила от него прощение: что плохого в том, что она пытается защитить семью подруги, и все же оставила их вдвоем; хотя она, похоже, поняла уловку мужа.

- Смотрите, если вы не хотите опоздать на свой корабль, - услышал он за спиной, - вам нужно поспешить.

Артур от неожиданности вздрогнул: Лаура услышала их разговор? Думать об этом было некогда, он на самом деле засиделся. Еще не хватало, чтобы он опоздал. Это не было бы трагедией: до Питера столько транспорта; если бы не то, что на пароме у него свидание с женщиной, которую он искал почти двадцать лет.

Он быстро попрощался и пошел в сторону эскалатора.

- Зачем ты сказал, она столько страдала.
- Вот он, значит, какой... - дошли до Артура последние слова диалога друзей Виктории.

Страдала? Это точно его Вика! Сомнений в этом больше не было. Кому, как не ему, знать о том, какую боль он ей причинил. Нет, свидание их может быть не совсем радужным, как ему уже представилось. Сможет ли он подойти к ней? Если даже и сможет - вряд ли попадет в распростертые объятия.

«Прошло столько лет», - продолжил Артур свои размышления.

Только сейчас он подумал о том, насколько Виктория могла измениться. О том, насколько изменился он сам, он видел, сравнивая себя и сына - абсолютную копию себя в молодости. Да, он совсем забыл о сыне и жене! Надо быть осторожным и по причине их присутствия на том же корабле, где должна бы состояться его встреча с незабываемой любовью его ранней молодости.

Глава 20

Артур, увидев впереди себя, у полицейской будки, пассажирку на их корабль, облегченно вздохнул: не опоздал, успел.

Полицейский исподтишка, но внимательно присматривался к россиянину: было заметно, что нервничает. Но придраться ему было не к чему: он был в легкой летней одежде, в руке была только игрушка - их, национальная.

«По всей вероятности, он просто испугался, что опаздывает», - подумал полицейский.

Пассажир, получив паспорт со штампом обратно, сразу прибавил шагу.

Артур пытался догнать впереди идущую женщину, оставившую после себя шлейф тех знакомых духов. Почему он решил, что только она использует эти духи. Но он знал уже, что Виктория будет на этом пароме, и шанс - что обладательницей сексуальных духов была она - был большой. Но затем, вспомнив последние отрывки разговора друзей Виктории, сбавил темп. «Успокойся, - скомандовал он сам себе, - Вика здесь - и не дай бог из-за моей спешки все испортить».

- Наконец-то! Ты где был? - встревоженно проговорил Радик, ожидавший его у выхода с корабля. - Мама уже вся испереживалась. Я ее в каюту отправил, чтоб успокоилась.

- Я ездил в «Итякескус», - сказал он правду, чтобы не усложнять ситуацию. - По торговому центру прошелся.

- И купил вот это? Я вроде бы уже вырос для игрушек. Погоди... я, кажется, видел где-то такую.

Артур занервничал, сын был тогда совсем еще маленький, но все же...

- Нет… не помню. Странно… во сне что ли она мне приснилась?

Мимо них прошла белокурая красавица, раньше ее на корабле не было, Радик бы уж точно ее заметил. Значит, она отсюда - с этих, западных берегов.

- Я пойду… успокою твою мать, - тут же

воспользовался Артур вниманием сына к мимо прошедшей девушке.

«Бывают же среди них и такие красивые», - подумал Артур. Почему-то он, как и его сын, не сомневался, что она местная.

Радик не возражал, все его внимание было теперь сосредоточено на незнакомке. Он был не робкого десятка. Была бы своя, подошел бы сразу и нашел, что сказать.

По-фински он знал всего несколько слов. Так что их беседа закончилась бы сразу после приветствия «Hei!». Не о цене же товаров им говорить. Конечно, финны почти все хорошо говорят на английском, и он бы мог изъясниться с ней на нем, но было неловко показывать свои не очень высокие познания в разговорном английском.

Какова же была его радость, когда девушка, пройдя было мимо стульев, поставленных напротив телевизора, вернулась и села смотреть передачу. А передача эта шла на русском.

«Здешняя - но наша!» - жутко обрадовался юноша.

- Вам нравятся передачи об экстрасенсах? - заговорил Радик с белокурой красавицей - с большими голубыми глазами и с припухлыми губами, сев от нее через стул. Свободных мест было много - садиться рядом было неудобно.

- А тебе нет? Ой, извините, что на «ты». У

нас не принято говорить на «вы», - подтвердила она его догадку о ее стране проживания.

- Ну, теперь в России это тоже старательно искореняется.

- Да, я иногда смотрю русские передачи. И в России, как и здесь, иногда не употребляют отчества. Но у европейцев его просто нет. Все-таки немного жаль: русские в этом отличаются от европейцев. И мне кажется, это хорошо - хорошо иметь свое, отличное от всех других.

- Если учесть, что молодежь в основном уже не обращается на «вы», я бы не возражал перейти с вами на «ты».

- Да? Прекрасно! Мне так будет удобней, иначе я все время буду перескакивать с «вы» на «ты», - заулыбалась она.

- А мне будет удобней разговаривать, если я сяду рядом, - использовал ситуацию Радик, пересаживаясь к ней поближе.

После того как он оказался совсем рядом с ней - сердце Радика предательски заколотилось. Такого с юношей никогда раньше не было. На какое-то мгновение он почувствовал и в ней эту нервозность.

Девушка повернулась к телевизору и стала очень внимательно следить за происходящим на экране. Он тоже молчал, потеряв вдруг дар красноречия.

- Они не правы, так критикуя ее, - прервала девушка свое молчание.

Битва экстрасенсов ее увлекла настолько, что она расслабилась.

- Но ведь она не угадала, - не согласился с ней Радик.

- Возможно, что-то внутри ее не сработало, не заинтересовалось всей этой ситуацией. Как говорят - не зацепило.

- Но разве, если ты считаешься экстрасенсом, ты не должен автоматически разгадывать ситуации.

- Нет-нет! Это не так все просто. Это происходит независимо от человека. Познание о том, что было или будет, к нему приходит в момент, неожиданный для него самого. Он не может этим управлять.

- Но как же тогда битва экстрасенсов? Они же выполняют задания.

- Да, это так. Одна часть из них реагирует и получает это познание, другая - нет. Но это не значит, что тот - кто не угадал - не обладает экстрасенсорикой. Девушка же эта не зря там находится - это значит, она как-то уже доказала свою способность. Не будь эта девушка сейчас на телевидении, где быстро нужно дать какой-то ответ, она бы, думаю, поняла, что это, скорее, домысел, а не полученное ею познание. Потому что, получив это познание, знаешь точно, что будет именно так.

- Ты сказала «знаешь» - ты что, обладаешь видением? - удивился он.

- Я думаю, такое происходит со многими, ведь интуиция и есть часть видения. Да, со мной иногда такое происходит. Но особо этим я никогда не занималась. Хотя мое пристрастие к психологии, наверное, идет отсюда. Я бы, например, создала такую группу экстрасенсов, у которых был бы свой сайт, куда бы люди обращались за помощью. Так вот, очень даже вероятно, что именно эта девушка, которую раскритиковали, могла бы разгадать какую-то из ситуаций.

- Потому что, возможно, именно ее это в тот момент зацепило бы?

- Да, как раз именно это я имела в виду, - проговорила девушка, взглянув на него.

Радик почувствовал, как девушка опять занервничала. Она замолчала и, отвернувшись, стала смотреть на танцующих, пытаясь таким образом также скрыть медленно выступающий румянец на щеках.

- Может, потанцуем. - Его тоже волновала ее близость. - Кстати, как тебя зовут?

- Рита, - бросила она, направившись к танцующим и забыв спросить его имя.

- А меня - Радик, - представился юноша, прижав ее левую руку к груди, а другой рукой обняв ее за талию.

- Очень приятно! - вспыхнула она, поняв свою оплошность.

«Хорошо, что сердце находится на левой

108

стороне», - подумал юноша, лихорадочно пытаясь найти тему для разговора, чтоб отвлечься и охладить свой пыл. Главное, не увлечься и держать ее от себя на безопасном расстоянии.

- Ты сказала, что собираешься на психолога. Ты еще в школе?

- Нет, в гимназии. У нас, если собираешься поступать в университет, нужно проучиться в гимназии три года.

- А если нет?

- Тогда достаточно двух лет.

- У тебя есть фотографии на телефоне? Было бы интересно посмотреть.

- У меня их много на планшете - а планшет в каюте.

- Да? А мы можем пойти туда? - осторожно спросил Радик.

- Да, но вначале я посмотрю, все ли наши здесь. Чтоб им не мешать, - добавила она.

Радик в ответ промолчал.

- Да, они все здесь, - констатировала Рита, обведя танцующих взглядом. - Аня уже во всю зажигает на площадке, а мама с Викой сидят вон там, - показала она головой.

Юноша любопытства не проявил. Радика интересовала только она.

Вечер становился все более интересным.

Глава 21

- Ты видела, какого красавчика твоя дочь подцепила, - смеясь проговорила Аня, подойдя к подругам, обращаясь к Нине.

Женщины машинально посмотрела в ту сторону, куда указывала Аня.

- Жаль отвернулся; но парень и в профиль хорош, не правда ли?

- Виктория, что с тобой? - бросилась Нина к подруге.

Вика как завороженная смотрела на юношу, потом медленно обернулась на подруг.

- Виктория, на самом деле... не пугай меня, ты чего это так на нас смотришь - как будто мы приведения? - испугалась и Аня не на шутку.

Вика опять перевела взгляд на молодых, но их уже не было.

«Привидение - это не вы, приведение было там», - подумала она.

Пока Нина усаживала Вику, Аня принесла воды. Вика выпила ее одним залпом.

- Ты нам объяснишь, что это было? - стала настаивать Аня.

- Аня, оставь ее, - скомандовала Нина. Она знала, что только так можно ее утихомирить.

Подруги сели рядом с Викой и стали молча созерцать танцующих. Аня даже хотела отказать приглашающему ее мужчине, но Виктория бросила тихо и коротко: «Иди!» Аня пошла, больше подчинившись голосу Виктории.

Со сцены запела молоденькая девушка:

Не отрекаются любя,
Ведь жизнь кончается не завтра.
Я перестану ждать тебя,
А ты придешь совсем внезапно,
Не отрекаются любя…

- Отрекаются… еще как... - чуть слышно произнесла Вика.

Нина с удивлением посмотрела на подругу. Как часто она думала, почему ее жизнь не такая, как у Вики: гармоничная, спокойная; с таким мужем, как Кари, как за каменной стеной. Да, им пришлось закрыть переводческую фирму, но он тут же нашел работу - он знал несколько языков. И самое главное - русский: со знанием английского и русского языков (финский был его родной) легко было найти работу.

Жену свою он просто боготворил. Если бы Нина была завистливой - да она бы умерла от зависти. Ее, правда, удивило то, как быстро они поженились. Мужа Вики можно было понять - боялся потерять. Ее сразу заметили в обществе, где собирались ингерманландцы. Если бы не ее сочно-голубые глаза на фоне черных волос, указывающих на смешение наций, трудно было бы поверить в то, что у нее есть финские корни. Отец у Вики был казаком, и Нина слышала от дяди Виктории, раньше их всех переехавшего в страну озер, что старшая сестра задерживается с переездом из-за мужа, который никак не хотел покидать свою родину. Кровь - не вода... Отца Вики можно было понять: его далекие предки служили при царском дворе.

Вообще, переезд в чужую страну тяжело дается мужчинам. Женщине легче, она может быть просто при муже. А мужчине - главе семьи, хозяину жизни (как им внушают с детства) - приходится нелегко, оказавшись часто не у дел. Чтобы найти работу, самое меньшее надо знать язык. Но и при знании языка сделать это тоже не совсем легко. Конечно же, можно жить на поддержке государства - но это только добавляет масло в огонь: ты еще становишься и нахлебником.

Вика время от времени посещала дядю.

Затем приехала и мать, отец все еще оставался в Питере. У матери Вики был расчет: никуда не денется - приедет. А сама Вика должна была переехать уже после окончания университета, переводчиком она бы здесь быстро нашла работу. Но все пошло не так, как рассчитывала мать Вики. Ее муж неожиданно для всех умер ночью от сердечного приступа. В отношениях между дочерью и матерью образовалась трещина. И если до смерти отца Вика еще колебалась с переездом, вставая на сторону отца, после его смерти наотрез отказалась.

Но видимо, там, в Петербурге, что-то опять произошло. Она неожиданно приехала, каким-то образом восстановив право на переезд, хотя уже вышла было из очереди. Но Вике как-то удалось восстановиться: скорее из-за того, что ее было куда разместить, - а именно в квартиру матери. Нину тогда не удивило такое резкое изменение решения. Почти вся родня была уже здесь. Виктория, после смерти отца и отъезда тети (младшей сестры матери), в Петербурге осталась совсем одна. Мать на себя и на мужа получила двухкомнатную квартиру, и поэтому новая, отдельная от матери квартира Виктории не светила. Отношения же между матерью и дочерью не только не восстановились, а наоборот, Вика стала еще уязвимей и очень одинокой. От однокурсниц Виктории, иногда посещающих ее, она узнала историю взаимоотношений

Вики с ее будущим мужем. Кари иногда читал лекции в Петербургском университете.

Студентки знали, что он разведен, и многие пытались изменить его холостяцкое положение. Но он никого, кроме Вики, не замечал. И в то же время никаких движений в ее сторону не предпринимал - понимали почему (каким-то образом просочилась причина развода): у Кари не могло быть детей.

Когда Вика переехала в Финляндию, они стали близкими друзьями. Их брак для многих стал шоком: Вика очень любила детей. Нина даже иногда ревновала ее к дочери: ей казалось, что у Виктории с ней намного крепче связи. Со всеми своими проблемами Рита до сих пор идет к ней. С другой стороны, что было бы с дочерью, если бы не Викина психологическая поддержка. Если поначалу Нине самой приходилось отправлять дочь этажом выше, к Вике (они тогда жили в одном доме), когда в доме начинались скандалы, позже дочь незаметно исчезала сама, как только атмосфера в их семье накалялась. После развода стало спокойно, но дружба Риты с Викой не только не ослабла - с годами только окрепла. Нина давно уже смирилась, что у Риты две мамы. Она понимала, что за многие прекрасные качества дочери обязана своей подруге.

Брак же подруги с Кари Нина до сих пор считала крепким.

Глава 22

Рита, войдя с Радиком в свою каюту, достала сразу же планшет. Они сели на кровать, и Рита стала ему показывать свои фотографии. Когда юноша положил ей руку на талию, она решила проигнорировать, чтобы уж совсем не показаться букой. Радик это понял по-своему. Взяв из ее рук планшет, положил его на стол; затем, взяв ее лицо обеими руками, прильнул к ее губам и, целуя, осторожно уложил девушку на кровать.

«Чего же ты ждала?» - подумала Рита, только сейчас поняв, почему он хотел попасть в ее каюту. Был бы другой, указала бы на дверь. Среди подруг Рита была единственной девственницей - хорошо, что они об этом не знали. Умолчание ее на эту тему принимали просто за скрытность - всё гадали: кто же этот тайный любовник? В его существовании никто не сомневался: при такой-то внешности девушки. Да и поклонников среди гимназистов была уйма.

«Ну что же, когда-то и со мной это должно случиться», - сдалась девушка, тем более что он ей очень нравился.

Но когда юноша, оголив ее по пояс, начал быстро стаскивать с себя брюки, она протянула руку к бюстгальтеру и надела его обратно.

- Ты думаешь, я тебя пригласила сюда, чтоб заняться с тобой сексом?

Юноша растерялся. Он так и думал. Но говорить, конечно же, об этом не стал - не совсем тупой.

- Я тебе не нравлюсь? Мне показалось...

- Показалось?.. И ты считаешь, что этого достаточно?

- У вас, я слышал, уже двенадцатилетним в школе говорят, что сексом можно заниматься тогда, когда к этому готов. - В голосе Радика послышалась обида вперемешку с подколом.

- Извини уж, но я больше слушаю маму - вернее - Вику. С мамой я стесняюсь говорить на эту тему. С мамы больше беру пример, да и ее история с отцом меня многому научила.

- И что же тебе говорит Вика? Может, мне тоже это полезно послушать?

Брюки на всякий случай не стал обратно надевать, так и стоял перед ней в одних плавках - хорошо, с ними не успел расправиться. Рита забыла надеть кофту, и ее полуобнаженный вид его как-то смущал и обнадеживал.

- Секс - это праздник любви, его апофеоз. Особенно когда с любимым в первый раз...

Радику понравилось «с любимым» - и он тихонечко, стараясь как можно меньше привлечь внимание к своим действиям, стал натягивать брюки обратно.

- Это как самая высокая нота в песне. Ее невозможно сразу же взять… К ней подходишь постепенно… И вот она звучит, захватывая и унося тебя в неведомый тебе мир… В мир безумного счастья, любви, чистоты. Каким бы хорошим ни был певец, возьми он эту ноту раньше времени - она сфальшивит... Я так это представляю.

- Про высокую ноту - это все же твое, не Вики? - проговорил юноша, натягивая на себя футболку.

- Да, я так понимаю.

- Надеюсь, ты меня не совсем отшиваешь. Признаюсь - я был не прав. Вы, девчонки, такие разные - не знаешь, как угодить. Одна целуется только на третий день, другая не понимает, почему ее в постель не тащишь, хотя ты вроде только с ней познакомился.

- Значит, ты решил, что я - эта, другая?

- Нет, я так не думал. Я просто... ну как тебе это сказать... хотел тебя очень… Еще там, когда танцевали. У меня сразу, как увидел тебя, мозги вышибло.

- Ты всегда такой… прямой? - спросила Рита, пытаясь сохранить хладнокровие, но этому мешали покрывшиеся румянцем щеки.

- Мне кажется… что ты тоже... Когда мы танцевали, у тебя ладони были мокрые.

- Да? Так случается из-за того, что...

- Подожди… ты сказала «в первый раз»... Так ты никогда раньше... О боже, какой я осел! Прости...

- Ну да, вам же нужны только опытные, - почему-то расстроилась девушка.

- И кто тебе такое сказал? Хотя, да, если особых чувств не питаешь и тебе нужен только секс. А если есть чувство, от одного прикосновения можно кончить.

- Нет! Нет! Пожалуйста, прошу тебя… не настолько откровенно!

- Извини… меня совсем заносит… Может, пойдем тогда потанцуем?

Рита машинально посмотрела на свои руки; уловив взгляд юноши, спрятала их за спину. И только тут поняла, что до сих пор стоит перед Радиком полуобнаженная. Рита быстро надела

118

кофту - и вовремя: кто-то пытался открыть их дверь. Рита помогла. Вошла Вика. И буквально уставилась на юношу.

- Я зашла за планшетом, - почему-то стала Рита оправдываться. - Да… а это Радик. Он из Петербурга.
- Здравствуйте, - произнес юноша вежливо, как только мог.
- Здравствуйте, - в каком-то замедленном темпе проговорила Вика, продолжая смотреть на него в упор, забыв представиться.
- А это Виктория, - вынуждена была ее представить Рита сама. И, взяв Радика за руку, вывела его из каюты.

- Чего это Вика на меня так смотрела? Ты совершила преступление, что привела меня в свою каюту?
- О чем ты? Нет конечно. Я сама не поняла, что это с ней. Она как будто увидела какой-то призрак.
- «Призрак ходит по каютам». Вовремя ты привела себя в надлежащий вид.
- Я забыла надеть кофту, а ты стоял и все это время любовался, - произнесла она почти сердито.
- А что я должен был сказать: «Оденься, пожалуйста, не хочу, чтобы твой вид меня соблазнял»? - скрывая улыбку, отреагировал Радик.

- Я поняла одно: всерьез ты меня не воспринимаешь. - Рита отвернулась обиженно.

- Не сердись. Мне просто ужасно легко и хорошо с тобой - вот и болтаю, что в голову взбредет. Знаешь, все складывалось так, что я не должен был поехать в это путешествие, но мне почему-то очень хотелось его совершить. Теперь я знаю почему: я должен был встретить тебя. У меня еще ни от кого так кругом голова не шла.

- А я ведь тоже здесь - можно сказать - случайно, - откликнулась Рита, забыв обиду. - Вместо меня должна была поехать мамина подруга, она уступила свое место мне (они обычно ездят своей компанией). Может, это судьба?

- Я очень надеюсь, что по поводу судьбы в данной ситуации ты оказалась бы права.

- Да, и я тоже, - смущенно проговорила она.

- Ты как думаешь: с Викой все в порядке? Мне кажется, все-таки она была немного не в себе, - выразил свою обеспокоенность Радик, когда они вошли в фойе, где танцы были уже в самом разгаре.

- Мне тоже так кажется. Пойду маму найду, пусть разузнает в чем дело. Встретимся позже, хорошо?

- Разве мы не можем пойти вместе?

- Думаю, не стоит еще и маму шокировать.

- Хорошо. Я тебя потом найду.

- Мам, там с Викторией что-то непонятное, - обратилась Рита к матери, найдя ее с Аней и Ниной среди наблюдающих за танцующими.

- Я ведь сказала, - обернулась резко Нина к подруге, - Вика уже здесь как-то странно себя повела.

- А твой-то где? - проявила любопытство Аня, сладко улыбаясь.

- Какой мой? - растерялась Рита.

- А вот такой вот - красавчик, - продолжила Аня мучить девушку.

- Все, Аня, пошли, - одернула ее Нина. - Где она? - спросила она у дочери.

- В каюте.

Женщины поспешили на помощь к своей подруге.

Глава 23

- Вика, ты что делаешь?

- Тебе что, жалко? - встала Аня на защиту подруги. - Ну выпил человек!

- Ничего себе «выпил»… Она всю бутылку опустошила!

- Да я сейчас пойду еще куплю.

- Аня, замолчи! Забыла, что Вика не пьет? Виктория, с тобой все в порядке? Ну что ты так смотришь?.. Скажи что-нибудь! Что на самом деле случилось?

Виктория резко встала и пошла в туалет.

Ой! - вскрикнула Аня. - Вот ты что имела в виду.

Они хотели помочь Вике, но та захлопнула дверь.

- У меня же столько бутербродов; хотя бы

закусывала, так бы не рвало, - посочувствовала подруге Аня.

- Надо Вику на свежий воздух, на верхнюю палубу вывести.

- Не надо меня никуда выводить, я сама дойду, - произнесла Вика, выходя из туалета.

Виктория ушла. Подруги, немного посидев, не сговариваясь, встали - пошли присмотреть за Викой.

***

Наверху, на палубе, Вике опять стало плохо. Она подошла к борту и снова вырвала.

- Тебе плохо? Ты отравилась?

- О господи!.. Мог бы просто постоять в стороне и сделать вид, что ничего не видел.

- Ты даже не удивилась...

- Хм, после того как увидела тебя таким, каким оставила тебя двадцать лет назад? Вряд ли меня можно еще чем-то удивить.

- Вот именно!.. Оставила!.. Через неделю я вернулся, а тебя и след простыл.

- Зачем? Зачем ты вернулся?

- Я не мог без тебя, - тихо проговорил он.

- И ты знал, что я тоже не могла без тебя.

- И все же это тебе не помешало бесследно исчезнуть, - не сдержал Артур свою обиду.

- Допустим, вначале исчез ты.

- У меня была серьезная причина.

- И наверное, такая, что ты никак не мог их оставить, - во всяком случае, сына. Настолько, чтоб не быть все время рядом с ним.

Артур ничего не ответил. Боковым зрением заметил, как на палубу поднимается жена.

- Я тебя понимаю. Если ты помнишь, я с самого начала говорила тебе именно об этом. Господи, спасибо тебе, что ты дал мне собрать последние силы, всю свою гордость, чтобы покинуть все, что мне было дорого, но приносило страдание!

Ты вернулся, несмотря на то что знал, что никуда от своей семьи не уйдешь. Что ты мне хотел дать? Страдание? Одиночество? Да, ты рассчитал правильно: если бы я не уехала, я не смогла бы никогда оторваться от тебя.

- Артур, ты забыл?.. У нас заказан стол, - окликнула мужа Василиса.

- Да, Артур, ни в коем случае не пропусти. Хотя твоей женушке не мешало бы подсесть на диету. Ах да… это невозможно: путь к сердцу мужчины лежит через желудок; а наготовив мужу, как же и самой не нажраться.

- А вам, мадам, стоило бы поменьше пить! Смотрите через борт не кувыркнитесь! Это не вы там все облевали? - огрызнулась Василиса.

Только сейчас Артур заметил, что Вика на самом деле пьяна.

- Жаль - тебя в тот момент не было рядом.

- Нахалка! Артур, так ты идешь или нет? - проговорила Василиса сквозь зубы, обращаясь к мужу. - Что мне сказать Радику?

- Ага! Вот она и вторая зацепка! - продолжила Вика иронизировать.

- Идите, я приду позже.

Василиса замешкалась, но затем, резко развернувшись, пошла к спуску.

- Я никогда тебя раньше не видел...

- Такой пьяной? Представь себе - я тоже. Что ты так смотришь?.. Уж не подумал ли ты, что я спилась. Я полагаю: кое-кто был бы этому рад.

- Ну, кое-кто, в общем-то, даже и не знал о твоем существовании... - отреагировал Артур, проследив за удаляющейся женой.

Он увидел, как Василиса, столкнувшись с Ритой, что-то сказала ей и стала спускаться по лестнице вниз.

Девушка стояла не двигаясь, смотря перед собой. Как ему был знаком этот взгляд... Затем она пошла вперед, к краю борта. Им овладело нехорошее предчувствие. Но догадка пришла слишком поздно - она успела прыгнуть. Артур в мгновении оказался у круга, сорвал его и ринулся в то место, откуда она прыгнула. Слава богу, она держалась на воде - было похоже, что с Ритой все было в порядке. Рита прихватила брошенный им спасательный круг; плавала она хорошо и в спасательном круге не нуждалась, но, видимо, решила не оставлять его там.

- Господи! Да это же моя дочь, Рита! Что она придумала? Она что с ума сошла?!
- Ну и мамаша! Я бы сама с ума сошла, а она... сердится на дочь.
- Да успокойтесь вы, - фыркнула на возмущающуюся Аня, - у нее дочь, можно сказать, мастер по прыжкам в воду.

Глава 24

Когда Радик прибежал на палубу, услышав, что какая-то блондинка оказалась за бортом, и чутьем угадав, что речь идет именно о Рите, ей уже помогли подняться на борт.

- Что случилось? Ты упала?

Он трогал ее руки, плечи, чтобы удостовериться, что все цело.

- Упала! Как же! Сама прыгнула - я видела, - отреагировала стоявшая рядом девица.

С Риты все еще стекала вода. Она смотрела на юношу таким взглядом, как если бы это он столкнул ее с корабля.

- Зачем ты это сделала? - спросил ее Радик.

«И почему ты так смотришь на меня?..» - вопрошал он глазами.

- Хотела прохладиться, - ответила ему Рита сухо и пошла мимо него к спуску.

«Она знает, - догадался Радик. - Но от кого? Отец? Нет. Конечно нет!»

***

Он влетел в каюту. К счастью, мать была там.

- Спасибо!.. Что я тебе еще могу сказать, спасибо!

- Что она тебе сказала?

- Ничего! Ей не надо было говорить ничего. Рите достаточно было посмотреть на меня. Я ничтожество - да? - этого ты хотела? Чтобы я почувствовал себя ничтожеством?

- Извини конечно, но определение для себя ты подобрал сам.

- Я понял! Я все понял! Ты решила - если ты несчастлива - то и все вокруг должны быть несчастливыми!

- Кто это тебе сказал, что я несчастлива? Откуда ты это можешь знать! И не много ли ты на себя берешь?

- Если бы я мог закрыть глаза и заткнуть уши… Вы думаете, дети ничего не понимают? Когда я был еще маленьким, я тебя жалел. В подростковом возрасте, когда я стал понимать

128

больше, мне стало становиться неловко. Я стал думать о том, почему ты живешь с мужчиной, который тебя не любит. Маленьким я думал, что ты этого просто не замечаешь. Если бы отец был холодным, черствым по натуре. Но я чувствовал его любовь к себе. Нет, он не был черствый. Он просто тебя не любит. И я понял, что никогда и не любил. И ты об этом знала всегда! Ты знаешь, что это для меня значит?

- Хватит! Считаешь себя слишком умным.

- Нет, не хватит! Я тебе не рассказал самого главного. Однажды, придя поздно вечером домой, я вошел в ванную комнату и включил свет. Там, на крышке унитаза, сидел отец и плакал. И я тоже в эту ночь плакал. Я все понял: он женился на тебе из-за меня. Я испортил жизнь человеку, которого безумно люблю.

- Не волнуйся, скоро он будет счастливым. Думала, что избавилась от нее, но мой корабль сел на мель.

- Отец... Ты о ком? - растерянно проговорил Радик.

- Что, неприятно? Ты же хотел, чтоб он был счастливым! Хорошо жалеть, когда он рядом, когда он твой. Любишь его? Безумно? А кто же тебе его сохранял все эти годы? Да, могла бы выставить его за дверь. Может быть, даже и счастье свое встретила. Но трудно выставить за дверь того, кто в ее сторону даже и не смотрит.

- Кто она?

- Угадай с трех раз.

- Мама Риты? Рита моя сестра?! Боже! Вот почему она прыгнула в воду... Что ты смотришь на меня так? Ничего у нас не было - а могло быть, - произнес пораженный юноша и пошел к дверям.

- Ты куда? Надеюсь, не к ней.

- Здесь слишком мало воздуха.

Глава 25

- Что твоя жена сказала ей? Радик женат? - услышал Артур сзади до боли знакомый голос.

- Нет. Но у него есть девушка... Я не хотел вмешиваться.

- Но секреты... Это же бомбы замедленного действия. Неужели ты этого так и не понял?

Виктория посмотрела на Артура с укором в глазах - ничто не забылось.

- А вдруг… это любовь?.. Чтобы сделать правильный выбор, ему надо знать - какая она... настоящая любовь.

Вика почти протрезвела, но была сильно ослабшей.

- Я провожу тебя.

- Нет, на сегодня хватит драм.

Вика, не попрощавшись, пошла к спуску.

***

Артур утром вернулся на место их встречи. Жена все еще спала: вчера легла очень поздно, где-то болталась до полуночи.

Зачем он пришел сюда? В надежде опять ее увидеть? Как долго он ждал этой встречи, как только он это не представлял. Но как в жизни обычно бывает - все случается совсем иначе. Он надеялся, что она, как и он, сохранила свои чувства к нему, хотя бы частично. Впрочем, он видел, как она смотрела на его сына, когда тот стоял с белокурой красавицей. Может, все дело в этом - Виктория встретила его уже там, на танцплощадке...

На палубе, у борта, лежало что-то блестящее. Это был кулон. «Ее», - догадался он.

Открыть?..

А вдруг?..

Вряд ли...

Даже смешно думать, чтобы она носила на шее кулон с его фотографией, тем более что она замужем.

Он все же не смог избавиться от искушения - и открыл его. Внутри кулона действительно была фотография, на которой был запечатлён красивый черноволосый мужчина, очень ему напоминающий Вику; только его глаза были не голубые, а карие. «Ее отец», - догадался он.

«Бывает невозможным потерять раз - а дважды...» - вспомнились произнесенные Викой с надрывом слова. Нахлынуло воспоминание того дня - сердце защемило.

Он увидел, как на борт поднимается Вика.

- Ты не за этим пришла?

- Да, спасибо. Артур... ты... извини меня за вчерашнее... за жену свою... Я не знаю, что на меня нашло.

- Такое бывает, когда... - Артур замялся, не договорил.

- Пьян? Буду знать на будущее: если очень захочется высказаться.

- Да, у тебя это получилось.

Виктория прислонилась к борту. Он достал из кармана шоколадную конфету и протянул ей.

- На, съешь! Может, станет легче.

- Спасибо, я не ем шоколад.

- Ты не ешь шоколад?

Он почувствовал, как в горле молниеносно пересохло.

- Почему тебя это удивляет? Я думала, ты тоже его не ешь. Я в вашей квартире никогда не видела ни одной шоколадной конфетки; хотя, как оказалось, там жил ребенок.

- Нет, этого не может быть! Грех так думать - она мать...

- Что с тобой? Ты побледнел.

- Вернувшись домой после нашей с тобой той последней встречи, я на столе обнаружил

133

записку. Мой сын где-то нашел шоколадную конфету, «Белочку» с орехами внутри, и съел ее. Мы не держали в доме шоколадных конфет, потому что у Радика сильная аллергия на них, особенно на орехи, от которых он может просто задохнуться. Я, извини, подумал даже, что это ты их принесла.

- Принесла и даже ни разу не угостила?

- Я в тот момент плохо соображал. Не мог же я подумать... Теперь меня тянет на рвоту.

- У тебя, похоже, поднимается давление: ты покраснел. Дыши глубже.

- К тому же, она ведь ничего не знала о нас.

- Какой ты все-таки наивный. Ты никогда не думал, как я оказалась в том ресторане?

- В первое мгновение, как увидел тебя, - да, подумал.

- Увидев твою реакцию, я догадалась, что это она прислала весть через твой телефон - приглашение в ресторан на твой день рождения.

- Почему ты мне ничего не сказала об этом?

- Но если бы не твоя жена, как долго бы ты от меня скрывал наличие у тебя семьи? Я, во всяком случае, теперь знаю, почему ты пропал. И все же я приняла правильное решение. У нас с тобой не могло быть будущего.

- Да, я отказал себе в счастье, - печально отозвался Артур, - когда развлекался с той, к которой никаких особых чувств не питал, и дорого потом за это заплатил.

- Но она подарила тебе прекрасного сына, я так думаю, - он так похож на тебя. Если бы вы были ровесниками, вы были бы близнецами. Я так старалась не думать о тебе, о прошлом и жила спокойной, размеренной жизнью. И в одно мгновение все это разрушилось, стоило мне увидеть...

- Моего сына? Я видел, как ты смотрела на него. Во всяком случае, ко мне, каким я остался в твоей памяти, твои чувства сохранились. Я ревновал тебя к самому себе. К себе молодому. Смешно, не правда ли?

- Да, но внешность, оказывается, не самое главное. Когда на тебя смотрит человек, похожий как две капли воды на того, кого когда-то безумно любил, и не узнает тебя (потому что просто-напросто не знает тебя) - это не передать, как больно.

Виктория замолчала. Она какое-то время, отвернувшись, смотрела на море.

- Мне пора, - сказала Вика, обернувшись к Артуру. - Как говорится: перед смертью не надышишься.

И пошла прочь.

Он растерянно посмотрел ей вслед. И это все?.. Это он... Это его сын... «Она все еще не может переварить встречу со мной в образе моего сына», - предположил он, пытаясь как-то себя успокоить.

Глава 26

Радик столкнулся с Ритой на выходе.

- Теперь я понимаю, почему меня так к тебе тянуло. Родственность...

- Только не надо про родственность душ.

- Да, про душ уж точно можно пропустить. Знаешь, нам бы надо все-таки на первое время стать хотя бы друзьями. Пожалуйста, не смотри на меня так. Если бы ты знала, как мне...

- Когда у тебя свадьба?

- Свадьба?

- Ах да, меня это не касается.

- Я обещаю - приглашу тебя сразу, как только будет назначен день. Но сомневаюсь, что это будет скоро.

- ?..

- Ты так смотришь на меня. Надо сказать,

ты довольно быстро оправилась. А мне еще, наверное, придется долго зализывать раны.

- Тебе есть их кому зализать.

- Рита...

- Мне пора. Время ограничено: в шесть нам надо быть уже в порту. Пока! И будь счастлив!

«В Ритиной голове, похоже, тоже каша», - подумал Радик, провожая ее взглядом.

У микроавтобуса ее ждала мать. Странно, что та в сторону отца даже ни разу не взглянула. И вообще, он вкус отца представлял немного иначе. Вот Вика - да! - она до сих пор выглядит молодо и хороша собой. Мужчины, во всяком случае, вниманием ее не обделяют.

Что было, то было. Отец, во всяком случае, тоже ее не выделял. И слава богу. Может, зря он на мать. Может, и нет у них особой любви, но и к старой он уже, похоже, охладел.

Подъехала следующая - предназначенная для пассажиров парома - маршрутка. И так как первая еще не была заполнена (куда они по известным причинам не стали садиться), во второй маршрутке оказалось только семейство Радика.

- Что же это - ты с ней даже не хочешь попрощаться? - обратился Радик к отцу.

- С кем? - спросил отец сына и машинально бросил свой взгляд в сторону Ритиной мамы, к которой только что подошла Виктория. Рита уже была внутри маршрутки.

По брошенному взгляду отца Радик понял, что ему было с кем прощаться.

- Нет, не ее я имел в виду, а дочь.

- Чью дочь?

- Да ладно, пап, прикидываться; я все уже знаю.

- Я поеду на такси, - проговорила вдруг мать, вылезая из маршрутки.

Отец с сыном удивленно посмотрели вначале вслед Василисе, потом друг на друга.

- Какой я дурак! - вскрикнул Радик, стукнув себя ладонью по лбу. - Ну конечно же это Вика, и мать Риты тут ни при чем, - договорил он, так же, как и мать, выскочив из маршрутки.

- Вы мне что-нибудь можете объяснить? - закричал Артур вслед сыну.

- Потом, пап, потом, - крикнул сын в ответ. В его голосе сквозила радость.

Радик, добежав до маршрутки, влез туда по пояс.

- Рита, подожди… пожалуйста, не уезжай! Нам нужно поговорить.

Он буквально выволок ее из маршрутки.

- Нам не о чем говорить! - проговорила она, слабо сопротивляясь.

- Ты не права, нам есть о чем поговорить.

- Что на это скажет твоя невеста?

- У меня нет никакой невесты.

- Но ты же меня собирался «обязательно» пригласить на свою свадьбу.

- Да, когда-нибудь, потому что я думал, что ты моя сестра.

- Сестра? У тебя, что - крыша едет?

- Поедет тут от таких новостей.

- Кто тебе сказал такое?

- Получается - я сам. Но никто и не отрицал, кому-то это было очень выгодно, чтобы я так и думал.

- Кому?

- Не догадываешься? Кто тебе сообщил о моей якобы свадьбе? Когда я узнал, что среди вашей компании находится и папина бывшая возлюбленная, я и подумал, что это твоя мать. Я решил, что мама тебя обманула, испугавшись наших отношений. Испугалась именно потому, что мы кровные с тобой.

- Боже мой! Вот откуда этот наш странный диалог.

- У меня чуть крыша не поехала, когда я узнал, что ты моя сестра.

- Но я никакая тебе не сестра!

- Да, но тогда-то я об этом не знал. Ты представить не можешь, как я счастлив, что ты мне «никакая не сестра», - проговорил юноша, приподняв и закружив ее.

- Поцелуй меня… Пожалуйста… - почти нетерпеливо вдруг попросила она.

Он опустил ее на землю; притянул к себе и стал целовать ее так страстно, как будто хотел выпить ее всю до дна.

Маршрутка тронулась, не дожидаясь больше пассажирки.

- Ты будешь моя и только моя, - прошептал он, задыхаясь.

- Я стала твоей с той самой минуты, как ты подсел ко мне. Я беспомощно оглядывалась на танцевальную площадку, потому что я не могла оставаться сидеть… Мне необходимо было встать со стула: у меня не только ладони стали мокрыми… Со мной никогда раньше не было такого.

- Боже! Что ты со мной делаешь...

Он еще сильней притянул ее к себе.

- Здесь есть гостиница, - произнес Радик умоляюще.

- Нет, только не в гостинице, это так пошло.

- У меня есть идея. У тебя же есть билет на обратный рейс, а у меня - мультивиза. Постой здесь, я схожу к администратору.

- Но нас все равно сейчас не впустят.

- Я что-нибудь придумаю.

Рита права: гостиница для тех, кто чаще всего встречается тайно, а паром - это их место. Это то, что им будет дорого всегда.

Радик подошел к окну администратора.

- Здравствуйте! Тут такое дело: мне нужно вернуться на корабль.

- Нет, вы не можете сейчас, обратно будут впускать только перед отплытием.

- Мне нужно попасть туда сейчас же, как можно скорей. Я оставил там телефон. Кроме того, что он очень дорогой, там очень много для меня, да и фирмы, в которой я работаю, ценной информации и телефонных номеров.

- Где вы его оставили?

- В том-то и дело, что я не помню где. Но я помню точно, где я был, - а был я во многих местах. И я не очень доверяю... понимаете...

- Ну вот с этим не надо!

- Значит, вы точно гарантируете, что мне его найдут и передадут?

- Подождите, я сейчас позвоню.

Администраторша не стала звонить при нем, ушла. Но скоро вернулась обратно.

- Идите, вас пропустят.

- Я возьму с собой свою знакомую, она мне поможет.

- Хорошо.

Девушка, заметив, что юноша отошел от администраторского окна, сделала было шаг к нему, но он подал знак подождать. Она увидела, что он пошел к кассе. «Он хочет купить себе билет? - удивилась она. - Ах да, он уже съездил туда и обратно». И к тому же ее место на второй полке. Хотя он об этом не может знать. Видно, просто хочет, чтобы у них была своя каюта. Это было приятно. Девушка вдруг заволновалась. Только сейчас она осознала, что «это» случится. Не совсем так, как она представляла: со всеми подготовками - цветами, шампанским, она в красивом пеньюаре. Но представляя все это, не испытывала другого: страстного желания, и в мечтах «он» был придуманным, а не таким - реальным, с манящим запахом мужских духов, с умением так страстно целовать.

Купив билет, юноша подошел к компании молодых ребят. Что-то им сказал, и те весело и одобрительно зашумели. Трое из ребят что-то протянули ему. Рита, догадавшись, отвернулась, сделала вид, что она тут совсем ни при чем. Но неловкость тут же сменилась чувством удовлетворения: в отличие от тех, посмеивающихся ребят, Радик не прихватил с собой в поездку этих… вещичек. «Но три - не многовато ли?» - хмыкнула она, тут же покрываясь краской.

- Пойдем, - тихо сказал он, подойдя к ней.
- Тебе разрешили?
- Да, но я не сказал администраторше, что у меня нет билета.
- Но таможенник же узнает.
- Таможенники не проверяют билеты. И им был сделан звонок, чтоб они меня пропустили.

А проверяющим билеты - главное, чтоб они у нас были.

- А вы куда? - спросил Риту полицейский.

- Она со мной, - ответил за нее Радик.

- А вы знаете, что вас обратно уже не выпустят, - опять обратился полицейский к Рите.

Радик растерялся, только тут обратил внимание на то, что у Риты финский паспорт.

- Знаю, - твердо ответила Рита.

- Ты подумай все же, - тихо произнес Радик.

- Я ничего не делаю, не подумав, - ответила Рита, посмотрев на него открыто.

Глава 27

Артур, доехав до Исаакиевской площади, куда обычно маршрутки довозят пассажиров корабля, к своей великой радости обнаружил на остановке Вику вместе с ее подругами. Артур по их брошенным взглядам понял, что они кого-то ждут.

«Риту», - догадался он.

На самом деле Виктория, подойдя к нему, спросила о ней:

- А где Рита?

Маршрутка освободилась быстро, подруги не могли не заметить того, что отсутствует не только Рита.

- Я один, - все же констатировал он, преследуя свои интересы, и тут же добавил: - Риты нет, она осталась с Радиком.

Виктория обернулась в сторону подруг; но он, стоявший к ним лицом, заметил уже, что те ретировались.

- У тебя хорошие подруги, - не удержался он в выражении своей радости. - Какие у тебя планы? Разреши мне составить тебе компанию, - проговорил он быстро, испугавшись, что Вика пойдет догонять своих спутниц.

Виктория думала недолго. Время ее было ограничено. Трудно принимать решение, когда ступаешь в неизвестность. Здесь же все было предопределено - в шесть она должна быть в порту, откуда паром увезет ее из прошлого в ее настоящую, сегодняшнюю жизнь.

- Я всегда мечтала прогуляться с тобой вдоль Фонтанки, - просто сказала она.

- Ты мне никогда об этом не говорила.

- Не успела.

Он сделал нервный глоток.

- Я не знаю - любишь ли ты до сих пор ходить пешком? - спросила Вика, смотря ему прямо в глаза чуть изучающим взглядом так, как будто бы это была их первая встреча после двадцатилетней разлуки.

- Я тоже не знаю, я давно так не гулял... как тогда… с тобой, - проговорил он в конце совсем тихо. - У меня не было желания. Но я бы с большим удовольствием осуществил твою мечту… Прости, это прозвучало...

- Да, у меня достаточно для этого времени, - прервала она его. - Когда я приезжаю, я просто гуляю по городу. А иногда могу забрести и на рынок, на продуктовый: скучаю по некоторым нашим продуктам - по настоящему творогу, соленым огурцам. Ты знаешь, именно в России придумали засаливать огурцы. В Финляндии соленые огурцы так и называют - русскими.

Он понимал, что она пытается повернуть разговор в дружеское русло. А что он хотел?.. Чтоб они говорили о чувствах, о том, остались ли они? И что бы они с этим потом делали?

- Может, мы где-нибудь вначале перекусим, - предложил он, когда они дошли до Невского проспекта.

- На Конюшенной до сих пор есть кафе, где можно выпить кофейку со сгущенным молоком и пышками.

- Да, я там иногда бываю. Кстати, это кафе внесено в «Красную книгу Петербурга».

- Правда? Я не знала. Оно мне напоминает времена моей молодости.

- Скажем, времена двадцатилетней давности. Ты и сейчас молодо выглядишь.

- Ну, сорок два - это не так уж и много. И все же, молодо выглядеть или быть молодой - разные вещи, не правда ли?.. Я довольно редко бываю в Петербурге, - продолжила Виктория, не дожидаясь ответа на свой вопрос. - Я как-то решилась и заглянула в кафе в твоем переулке. Там до сих пор в ассортименте есть вишневый штрудель. Но так как к тому времени мне очень хотелось уже есть, я купила также пирожки с капустой. И можешь представить себе - капуста была сладкой.

- Сладкая капуста?.. - удивленным тоном спросил ее Артур, хотя его взволновало совсем другое: он понял, что это на самом деле была она. Виктория была рядом, как он не мог этого почувствовать.

- В следующий раз я забыла о том, что она сладкая, и опять заказала его. А потом это уже вошло в традицию.

Только теперь Вика заметила, каким мученическим взглядом он смотрит на нее.

- Да, я должна признаться тебе: каждый раз, приезжая в Петербург, я посещаю наше кафе.

«Наше» - отметил он про себя.

- Я очень надеялась, - продолжила она, - что когда-нибудь встречу тебя. Мне каждый раз казалось, что в этот раз уж точно увижу. Я не собиралась к тебе подходить. Мне хотелось, увидев тебя, удостовериться, что с тобой все в порядке; что ты, в конце концов, просто жив и здоров. Но годы шли - а чуда не происходило.

147

Я вдруг поняла, что если я так хочу, чтобы это произошло, я должна отпустить ситуацию. Я предчувствовала, что когда-нибудь обязательно увижу тебя. И что не от моих действий это будет зависеть.

Однажды, перед моей очередной поездкой в Питер, я попросила подругу записать меня к мастеру-парикмахеру. Время она мне заказала; адрес же я получила, уже приехав сюда. Я сразу увидела, что это в твоем переулке. (Подруга объяснила выбор тем, что знала, что я каждый свой приезд захожу в кафе в этом переулке.)

Я с первого раза запомнила твой двор и твой подъезд, но никогда не обращала внимания на номер дома. И никакой парикмахерской тогда в твоем дворе не было.

Я встала как вкопанная перед вашей калиткой, когда поняла, куда мне придется войти. Но потом подумала: за столько лет, посещая кафе, находящееся напротив твоего дома, я ни разу не увидела тебя, почему же тогда мы должны столкнуться именно сейчас. И на самом деле ни когда я входила в ваш двор, ни когда выходила оттуда, я тебя не увидела.

После стрижки, дойдя до метро, я вспомнила, что собиралась купить краску для волос. Некоторое время я стояла в раздумье: могла же я и в другом месте ее купить. Но в парикмахерской мне посоветовали именно такую, которая более всего подходила к моим волосам. И я вернулась. Купив краску, я вышла во двор - и впереди увидела тебя. Я ужасно растерялась и замедлила шаг; я решила довериться судьбе: ждала - оглянешься ты или нет? Ты оглянулся. Я проследила за твоим взглядом (я была чуть в стороне от поля твоего зрения), ты смотрел на свою жену; она шла к оставленной у подъезда машине. Я поняла, что ты идешь открывать ворота. Я обогнала тебя, нажала на кнопку и вышла на тротуар через калитку.

- Я оглянулся не для того, чтобы на нее посмотреть, а потому, что меня что-то толкнуло на это. Я заподозрил, что на это меня подтолкнула женщина, идущая за мной. Да, когда я обернулся назад, из подъезда вышла жена, и я не стал увеличивать градус поворота головы. «По всей вероятности - это, скорее, кто-то из моих поклонниц», - подумал я. (Я еще многие годы время от времени играл и пел на танцах. Мне почему-то казалось, что ты когда-нибудь опять появишься там. Я никак не предполагал, что ты бываешь так близко с моим домом.) В ту ночь я долго не мог уснуть. Наконец-то уснув, увидел тебя во сне. Я проснулся среди ночи весь в поту. Мной овладело подозрение, что та женщина во дворе была ты. В эту ночь меня мой сын нашел в ванной, сидящим на крышке унитаза и...

Он отвернулся. Артуру не нужно было договаривать: она заметила слезы в его глазах.

Он почувствовал то же, что чувствовала и она. Они тогда разошлись, не попрощавшись. Этот тяжелый момент они перенесли на двадцать лет вперед. Он уже понимал, что никакой прогулки вдоль Фонтанки не будет. Ведь это все равно, что ходить босиком по горячим углям. Да… они все еще были горячими… Как она сказала? Отпустить ситуацию? Дело было не в ситуации, дело было в ней. Он бы не отпустил ее, если бы это было возможно. Нет... все-таки он неправ: дело все же в ситуации. Тогда это было так... и сейчас...

Это было прощание.
Обоим было тяжело.
Кофе допивали молча.

Глава 28

Рита, перед тем как пойти в каюту Радика, забежала в свою и забрала оттуда на всякий случай свой небольшой саквояж.

Каюта юноши была такая же, как и у них. Кровати, несмотря на то что их было четыре, довольно широкие и удобные, но… только для одного человека.

- Все будет хорошо… - проговорил Радик, каким-то образом поняв ее.

Рите стало неловко, что юноша ее разгадал. Увидев, что он стал стаскивать с себя брюки, девушка отвернулась и принялась расстегивать джинсы. Когда Радик освободил свою голову из футболки, она стояла в трусиках, без кофты, собираясь отстегнуть бюстгальтер.

- Подожди, подожди, - проговорил Радик, подскочив к девушке. - Это моя работа. Не надо лишать меня такого удовольствия.

Он увидел перед собой растерянное лицо, с широко открытыми глазами, из которых вот-вот брызнут слезы из-за охватившего ее стыда.

- Солнышко мое, - он осторожно поцеловал ее. - Ты все сделала правильно. Больше, чем я рассчитывал.

Он опять покрыл ее нежным и на этот раз долгим поцелуем. Она почувствовала, как его руки прикоснулись к ее обнаженным грудям. Рита даже не заметила, когда он успел снять с нее бюстгальтер. Потом почувствовала, как его рука медленно поползла вниз.

Она затрепетала.

Радик сел на кровать, вытащил из кармана один из трех пакетиков.

- Поможешь? - проговорил он, поднимая голову; но столкнувшись с ее взглядом, тут же добавил: - Все в порядке, я сам.

Затем взял ее за руки.

- Иди ко мне.

Она, никогда не занимавшаяся сексом даже в нормальном положение, сразу поняла, что он от нее хотел. То, что сейчас нужно было ее телу, зазывало, вызывая сокращение в нижней части живота.

Она села поверх него. Юноша, подхватив ее, приподнял и осторожно стал опускать. Рита ахнула и инстинктивно откинулась. Радик был готов к этому - опять быстро подхватил ее и приподнял. И дальше Рита, поняв, что от нее требовалось, поддерживаемая юношей, стала автоматически производить движения, от которых получала наслаждение, никогда ранее ею не испытанное.

Когда ее груди оказывались на уровне его лица, он успевал перехватить соски губами. Она еле сдерживала стон: было слышно, что в соседней каюте убирали (уборщикам нужно было успеть до прихода пассажиров). «Закрыта ли наша дверь?» - подумала Рита машинально. Но вопрос, мелькнув, тут же испарился.

Они оба - тяжело дыша - некоторое время сидели обнявшись.

- Мы кончили вместе, - может, потому, что были готовы уже с первого момента нашей встречи, - сказал Радик.

Рита сидела уставшая и счастливая. Если даже их пути разойдутся - «это» случилось с юношей, которому она была небезразлична, а не потому только, что ему хотелось секса.

Радик заметил, как лежа в его объятиях, Рита стала засыпать.

Прошло около часа, она тихо спала, а он за это время, подобрав полотенце, на которое он преднамеренно сел перед тем, как заняться любовью, отнес его в ближайший общий туалет. Опасаясь, что может ее разбудить, он не пошел в душ - решил дождаться, когда она проснется. Хотя вдвоем в душе, наверно, будет тесновато. «Оно и лучше», - улыбнулся он своим мыслям.

***

Рита открыла глаза.

- Я уснула? - произнесла она виновато.

- Такое бывает.

- В прошлую ночь я почти не спала.

- Я тоже.

- Я так была несчастлива. Как все быстро может поменяться. Я никогда не была такой счастливой, как сейчас. И я стану еще счастливей, как только приму душ, - добавила Рита, поднимаясь. - Ты уже был там?

- Нет, жду тебя.

- Но душ такой маленький, нам не будет тесно?

- Я думаю, нам это не помешает, - проговорил Радик, посмотрев на нее исподлобья.

Рита ответила ему смущенной улыбкой.

Они уже были в душе, когда она вспомнила про мочалку.

- Тебе не нужна мочалка, - проговорил он, наливая в свою ладонь жидкое мыло.

Его руки легко заскользили по телу: по ее длинной тонкой шее, по плечам.

Стали удлиняться, затвердевая, соски.

Они стояли друг против друга. Рита почувствовала, как запылали ее щеки. Она медленно развернулась к нему спиной.

- Умница, - чуть слышно проговорил он.

Рита поняла, почему она «умница». Руки юноши свободно заскользили по ее грудям, по животу. И она от блаженства прикрыла глаза. Машинально положив свою руку на его руку, повела ее вниз.

И вдруг что-то произошло: юноша, перехватив руку, припечатал ее к стене, затем другую. И резко, почти грубо вошел в нее.

«Он меня трахает», - подумала она. Только сейчас Рита поняла, что имеют в виду парни, когда употребляют это слово. Рита попыталась пошевелить руками - но он держал их очень крепко. И когда он их отпустил, чтоб держаться с внутренней стороны бедер, ее тело, плюнув на ее душу, уже предательски наслаждалось.

И душа заплакала. Вначале молча, стекая горячими слезами; затем подала голос, который все сильнее и сильнее возрастал. И чем громче она плакала, тем чаще и сильнее становились толчки. Все закончилось быстро.

- Ты помойся, а я уж потом, после тебя, - тяжело дыша, проговорил Радик и вышел из кабины.

Она выскочила вслед за ним, взяла мочалку. Налив на нее мыло, стала сильно, аж до боли тереть себя.

Когда Радик, искупавшись после девушки, вышел из душевой кабины, Риты в каюте не оказалось.

Глава 29

Радик увидел девушку стоящей у окна, в проходе напротив магазинчика.

- Рита! - позвал он.

Она не обернулась.

- Я уже подумал, что ты меня покинула, - проговорил он, обняв ее сзади.

- Ты знаешь: с корабля уйти мне некуда, - ответила она, пытаясь освободиться из объятий юноши.

- Рита, ты чего?

- Ты меня трахал! Так же это называется у вас?

- Что?! Как…

- Как кобель трахает сучку, невесть откуда взявшуюся.

- Ты с ума сошла! Ты ведь тоже… хотела…

- Да… хотела... твоей любви. В какой-то момент тебе стало все равно, кто к тебе стоит спиной: Танька, Валька, Ленка. Нет, с Леной, пожалуй, ты бы так не поступил.

«Вот как раз-таки с ней я так и поступаю», - машинально подумал Радик.

- Это несправедливо. Ты же знаешь о моих чувствах к тебе. Подожди... так ты из-за этого плакала? О боже!

Радик сжал кулаки, как будто собирался поколотить самого себя.

- А что, можно плакать от удовольствия?

Рита посмотрела на него удивленно.

- Да. Иногда от наслаждения плачут.

«А вдруг я на самом деле плакала от наслаждения», - стала было упрекать девушка себя, но потом вспомнила, как пыталась мочалкой содрать с себя кожу.

- Я ничего не понимаю, - произнесла она растерянно. - Я, похоже, ничего не понимаю. Почему мне все же вот здесь больно?

Девушка приложила ладонь к тому месту, где человек предполагает нахождение его души.

- Я похожа на неврастеничку, да? Я, может, и есть неврастеничка?

- Нет, Рита, ты не неврастеничка. Ты самая классная девчонка, какую я когда-либо встречал. И ты такая сексуальная. Несмотря на свою неопытность, ты заводишься с полуоборота. В кабине было тесно, и это заставило меня очухаться. Посмотри вокруг - где мы? На корабле: сегодня он у российского берега, а завтра уже у финского. И сойдешь ты на него без меня. И там будут другие, такие же, как я, молодые и привлекательные.

Как долго ты будешь помнить обо мне?

- Ты что, думаешь, я сразу побегу искать другого? Такого ты обо мне мнения, да?

- Какая разница - сразу или не сразу. Рано или поздно это случится.

- Зачем ты так плохо думаешь обо мне? Меня это начинает обижать.

- Почему ты тогда прыгнула в море? Не потому ли, что поняла, что тот, кто тебе нужен, кого ты страстно хочешь, не будет рядом с тобой, не может быть твоим? Каждый раз в море не прыгнешь - скорее прыгнешь в чужие объятия. Я представить не могу, что кто-то другой прикоснется к тебе.

- За это ты меня наказал - за придуманную тобой же картину?

- Не знаю... может быть... Я был зол - это правда. Прости...

- А Лену за что ты наказываешь?

- ?..

- Не удивляйся, я могу по фотографиям определить характер человека, а уж прочитать по глазам ответ на свой вопрос...

- Ни за что я ее не наказываю, я просто добиваюсь быстрого результата.

- Проще говоря - оргазма.

Девушку саму удивило, то как просто она называет слова своими именами. Как быстро она переняла манеру Радика говорить прямо. И он стал таким родным и близким, вряд ли с другим она так говорила бы.

- Не возбуждай меня - я еще не отошел.

- Радик, почему ты считаешь, что у нас нет будущего? И стоит ли вообще сейчас об этом размышлять. У меня последний год гимназии; я имею хорошие баллы, и я обязательно буду поступать в университет. Личная жизнь личной, но человек, как это говорят, должен вначале поставить себя на ноги.

- Встать на ноги. Я не об этом. А о том, что я хотел бы, чтобы у тебя был только я и у меня - только ты.

- Ах вот в чем дело, ты не доверяешь себе, поэтому думаешь, что и мне нельзя доверять. Так и говори только о себе. Не надо мне заранее приписывать неверность.

- Прошло всего-навсего два часа, как ты стала женщиной.

Радик замолк, увидев, как стало меняться

ее лицо. Он понял, что она еще не переварила произошедшее. На лице быстро стали меняться запоздалый испуг, удивление, закончившееся вопросом - хорошо это или плохо. «Да, она, наверное, теперь не уверена ни в том, ни в другом», - подумал он.

- Да, я верю в твои чувства, - продолжил юноша, взяв ее за руки, - что я все время буду в твоих мыслях. Но, Рита, ты еще не знаешь силу желаний. Постепенно твое желание - видеть меня, быть со мной - пересилит желание тепла, мужского прикосновения, и все закончится сексом с тем, кто рядом, кто смотрит на тебя влюбленным и вожделенным взглядом. Потом, возможно, придет разочарование и чувство вины. И обещание - сохранять верность - будет разрушено. И чтобы сохранить то, что тебе все же дороже, от чего ты не хочешь и не можешь отречься, - начнешь лгать.

- Мне все-таки кажется, что ты больше не уверен в себе.

- Нас вот обзывают по-всякому, всякими там словами: кобель, молодой кобель - а ведь нас природа такими создала. Любой молодой парень - если он здоров конечно - в день по многу раз думает о сексе. Ты думаешь, почему в арабских странах, где особо мужчины темпераментны, женщин одевают в паранджу. Не из-за женщин самих, а из-за мужчин. Там, если хотя бы прикоснешься к чьей-нибудь дочери, сестре, жене, - тебя просто убьют. Так что для некоторых мужчин паранджа - это спасение собственной жизни.

- Ты хочешь, чтобы мы друг другу дали свободу, чтоб не лгать?

Такая мысль была, но произнесенная вслух, она оказалась для юноши намного неприятнее, чем в мыслях.

- Это не значит, что я тебе буду изменять. Просто я не хочу тебя терять, а у меня такое чувство, что корабль уже отчаливает от вашего берега.

По ее щекам потекли слезы.

- Прости.
- Почему ты такой... честный?
- Наверное, потому, что погряз по уши в чужой лжи. Добавлять еще и свою... боюсь, что потону. И это так... тошно.

- Молодой человек, это вы искали телефон?
- Да, - нервно и довольно грубо ответил Радик подошедшей к нему женщине в униформе.
- Нашли? - продолжила та беспристрастно свой допрос.
- Да.
- Почему тогда не выходите?

- У меня билет.

- У вас есть билет? Обратно в Хельсинки? Покажите.

- А так вы не верите? - проговорил он с усмешкой, протягивая ей билет.

Но женщина в униформе не стала продолжать диалог, а, проверив наличие билета, молча отошла от них.

- Да, вот такой у нас дефицит доверия.

- Но если учесть, что ты обманул их, стоит ли их осуждать.

- Вообще-то, честно говоря, я собирался скатать обратно в Хельсинки, чтобы подольше побыть с тобой. Может, ты права, может, мне надо было бы держать язык за зубами: я бы потихоньку погуливал на своей территории, ты - на своей.

- Не наговаривай на себя. Я очень ценю твою искренность, от кого бы я все это узнала? Мне нужно все это переварить. Кто знает… а вдруг я смогу.

- Я не хочу, не хочу, чтобы ты смогла! В теории все вроде понятно, а на практике - чтоб кто-то другой прикоснулся к тебе... Можно, я все-таки поеду с тобой?

- Тебе не надо спрашивать - у тебя есть билет.

- Да, билет в оба конца. И я - как белка в колесе.

- И есть еще вот такое выражение - «утро вечера мудренее».

- Это ты сейчас для меня сказала или для себя?

- Для нас обоих. Так много произошло. Мы, я думаю, вряд ли сейчас в состоянии принять правильное решение. Может, мы договоримся о каком-то времени, чтоб ничего пока в наших отношениях нам не менять. Как много времени надо, чтоб ты, ну... не хотел...

- Секса?

Она ответила румянцами на щеках.

- Ну теперь я буду все время и еще сильней хотеть, думая о тебе.

- Ты будешь думать обо мне каждый день?

Рита впервые за время их разговора без напряжения, ласково посмотрела на него.

- Глупенькая ты! И ты будешь думать, и ты будешь хотеть, - в этом-то вся наша проблема.

Она протянула руку, провела по его щеке.

- Ты прав: я уже по тебе скучаю, и уже...

Он, ничего не говоря, крепко взял ее за руку и повел за собой в сторону каюты.

Глава 30

Радик никак не ожидал, что отец его будет встречать.

- Вот так сюрприз. Спасибо, пап!

- Ты бы хоть телефон не отключал.

- Это я от Ленки спрятался.

- Ты - да, а мы? Домой к нам приходила.

Радик аж подпрыгнул, чуть не ударившись головой о потолок машины.

- Что? Мне никогда не удавалось ее затащить к нам. И что она сказала?

- Не знаю, о чем они с матерью говорили, я с ней на выходе уже столкнулся. У вас, похоже, серьезно. Я Риту имею в виду.

- Папа, как я ее люблю, как я ее безумно люблю! Если бы она знала, она бы веревки из меня могла вить.

- Ты так о ней думаешь?

- А если она скажет: «Бросай свой Питер и переезжай в Финляндию»? Я бы ни за что не смог уехать из России. И как вообще я покинул бы Питер? Скажи, - повернулся он к отцу, - а ты бы смог? Извини... не то сморозил.

«Она все же уехала из-за меня», - получил подтверждение своим догадкам и ее доводам Артур. Вика не хотела уезжать. Мать уже была там, а уезжали семьями. Она знала, что так и только так она может порвать все нити. Иначе бы не удержалась. Разве можно удержать себя, когда любишь. И разве мог бы он сам воспротивиться своим чувствам. Кому-то из них нужно было рвать эту нить, да так, чтоб уже не соединилась.

- Алё... привет... - Отец догадался по тону сына, с кем он разговаривает. - Да, у меня были дела... Завтра... сегодня не смогу... Хорошо... в семь... Чем быстрей объяснимся, тем лучше, - обратился он уже к отцу, не сомневаясь, что тот понял, перед кем он отчитывался.

***

Лена встретила его обмотанная полотенцем. «Знала же, что приду», - подумал Радик с раздражением.

- Проходи, - поприветствовала она, ласково улыбаясь.

«Нет, она еще ничего не знает», - решил юноша.

- Ой!

Полотенце упало, и Лена предстала перед ним во всей своей красе.

«Да, фигура у Ленки, надо признать, классная, - ухмыльнулся про себя Радик. - Потому я ее с удовольствием и т...» - Юноша прикусил себе язык, вспомнив, с каким отвращением это слово произнесла Рита.

- Ну, по тому, какое представление ты мне сейчас устраиваешь, - ты в курсе. Это правда - я влюбился. Хотел об этом с тобой нормально поговорить, но вижу, что не получится. Так что пока! И счастливо тебе тоже!

- Я беременна.

- Что?! Этого быть не может, ты принимала таблетки.

- Получается, что пропустила.

- Врешь, - проговорил он тихо и грозно. Но вид у него был не столь злой, как отчаянный.

- Не волнуйся, у меня к тебе нет претензий.

- Завтра пойдем вместе.

- Куда?

- За доказательством!

Радик выскочил из квартиры как ошпаренный. Побежал вниз по лестнице, хотя лифт был свободный.

Глава 31

После возвращения семьи из Финляндии психологический климат в их доме поменялся - настала тишина. Василиса не делала больше вид, что ничего не произошло. Ее молчание было напряженным - жена приняла позицию ожидания. Молчание же Артура было близко к депрессии, ему все стало безразлично. Он даже не стал выяснять с женой ни случай с конфетой, ни почему она уехала на такси.

Виктория на самом деле после кафе села на Невском проспекте в троллейбус и уехала в порт, хотя времени у нее было еще достаточно. И то чувство, охватившее его тогда в кафе, - боли и безнадежности, Артура не покидало, а только возрастало. Он стал ждать сына. (Сын прислал отцу сообщение, что решил повторить свое путешествие.) Артур ждал в надежде, что что-нибудь услышит от него о Виктории.

В день его приезда он не выдержал, поехал его встречать. Спросить у него напрямую о ней он не решился, да и сын был сильно озабочен предстоящим выяснением с Леной.

Артур услышал, что сын вернулся: тот что-то там, войдя, бормотал.

«Хорошо. Хоть вместе футбол посмотрим», - обрадовался Артур, сегодня у «Зенита» был ответственный матч.

Может, все-таки удастся что-либо выудить у него о Виктории.

Сын, видно, пошел вначале в свою комнату. Но скоро появился в дверях гостиной.

- Да ты пьян, - удивился отец, когда Радик, пошатываясь, вошел в комнату. В его руке была бутылка с недопитой водкой.

- Я не хочу, я не хочу, чтоб моя жизнь была как ваша, - проговорил Радик, раскачиваясь, стараясь удержаться на ногах. - Я не хочу по ночам плакать, сидя на унитазе. А-а-а, я понял: я должен заплатить за твои страдания, за твою жертву, принесенную ради меня. Только на кой мне нужна была твоя жертва, если я должен за нее так заплатить.

- Радик, я не знаю, что у вас с Леной там произошло, но пойми же - всегда можно найти какой-то выход из положения.

- Действительно!.. И чего это я?.. Я ведь наверняка знаю, как должен поступить. У меня даже пример есть один в один.

- Лена беременна?!

- О! Как ты быстро догадался-то… У меня, наверное, было такое же выражение лица, как у тебя сейчас, - со злой ухмылкой проговорил Радик и плюхнулся на диван рядом с отцом.

- Ты уверен?

- Ты думаешь, я шучу?.. Если бы это была шутка, я бы ей ноги расцеловал. Но боюсь, что целовать их не придется.

Радик, опрокинув в рот бутылку, стал допивать содержимое.

- Ты хоть закусывай.

- Ах да, моя закуска. Я же и закуску купил, как же я забыл. Она там, в моей комнате, меня дожидается. Ну такая закуска - прям зашибись называется!

Он встал и, пошатываясь, покинул комнату.

Артур сел за телевизор. Футбольный матч уже давно начался, но счет был все еще нулевой. Стадион ревел в ожидании переломного момента.

Артур не в состоянии был сосредоточиться.

Настолько, что даже не понял, почему в ворота «Зенита» судья назначил одиннадцатиметровку.

Стадион замер.

«Нет! Этого не может быть!» - подумал он, вскочив с дивана.

Артур в мгновение ока оказался в комнате сына: Радик сидел на полу, хрипя и прерывисто дыша. Вокруг него лежали обертки самых что ни на есть ненавистных и запрещенных в этом доме шоколадных конфет - «Белочка».

- Сынок, что же ты наделал, а? - в отчаянии прокричал отец.

В коридоре послышался стук каблуков. В дверях появилась Василиса. В тот же миг она исчезла из поля зрения. Опять простучали каблуки, и вскоре с конца коридора послышалось: «Скорая! Вышлите срочно скорую!»

«Все как тогда...» - были последние мысли Радика.

* * *

«Все как тогда...» - подумал, вышагивая взад-вперед по больничному коридору, Артур. Она была права: он никогда бы не оставил сына. Хотя тогда это было не так страшно. Артур догадывался, почему Радик быстро пошел на поправку. И все же эту тему не стал поднимать: до сих пор с Василисой он об этом не говорил. Не хотел верить?

Теперь же все было намного страшней, - вернее, все просто страшно!

Мы часто говорим о счастье и несчастье, даже до конца не осознавая, - что это такое. Только испытав настоящее несчастье, можно понять, что такое настоящее счастье. Это когда твои близкие и любимые живы и здоровы. А несчастье - это когда «никогда» становится явным, осязаемым. Когда у тебя будет отнято последнее - надежда. Когда знаешь наверняка, что уже никогда не увидишь, не услышишь, не обнимешь.

«Но почему иногда люди все же готовы лишить себя жизни только из-за того, что не могут быть рядом с любимым или любимой? - подумал Артур. - И какой процент из них на самом деле хотел покончить с собой, какой - просто хотел заглушить в ту минуту невыносимую боль?

Если ради любви человек готов расстаться с жизнью, может, это и есть главное в жизни - любовь. Любовь дана свыше. Чем объяснить любовь родителей к детям, младенца к матери. Почему нас иногда любят животные, а мы их. А любовь к природе? А что бы было без нее?

Одно понятно - жизнь земная просто рухнула бы. Мы связаны любовью, мы держимся на ней. И нет ничего важнее, выше и прекрасней этого чувства. Жизнь - не вечна, а любовь, которую ты смог зародить в чьем-то сердце, останется жить. Но разве она не приносит нам также боль, - засомневался в своих мыслях Артур. - Но это, наверное, потому, что мы хотим больше, чем можем иметь, - ответил он на свой же вопрос. - Боже, как я благодарен зенитовцу, нарушившему правила, - вздохнул он. - Иначе не было бы на стадионе тишины и я бы не услышал, что мой сын задыхается. Да, эта минута. В страшную для человека минуту важно, чтобы рядом кто-то оказался, протянул руку помощи. Как мы часто пренебрегаем страданиями наших детей. Страдания, которые иногда нам кажутся просто смешными. А ведь может настать такой момент, когда вместо смеха из уст твоих вырвется рыдание. И некому будет объяснять потом, что все это пройдет; у тебя все еще будет: ты еще так молод. Минута, всего минута - а вдруг поздно... Почему я не пошел за ним? Ведь было понятно, что оставлять одного его было нельзя! Закуска!.. Это я напомнил о конфетах, которые он, вероятнее всего, купил от отчаяния, назло всем и вряд ли собирался доводить дело до конца».

Артур от охватившего его бессилия сел на стул и закрыл лицо руками. Услышав скрип двери, тут же оторвал руки от лица. Он хотел встать навстречу доктору, но не смог. Остался сидеть, умоляюще смотря на врача. Тот кивнул ему, поняв, что ответ должен быть незамедлительным, иначе он получит нового пациента.

- Ваша жена рядом с сыном, а вам нужно поговорить с психиатром. Вы же понимаете, что в данной ситуации это необходимо.

- Да, доктор, вы, наверное, правы, - не стал отрицать Артур. Хотя о чем говорить? Причина случившегося была ясна. И кому, как не ему, не понять боль сына. И того, что он сотворил. Но жизнь сына была в руках этих докторов, и он не хотел им ни в чем перечить.

Глава 32

Мать так низко опустила голову, чтобы убедиться, что сын ее дышит, что ее волосы упали ему на лицо. Радик открыл глаза - мать отпрянула. Он некоторое время смотрел на нее удивленно, затем прошелся взглядом по палате, после чего медленно повернулся к ней спиной.

- Почему...
- Почему?.. - прервал Радик, не дав матери договорить. - Я хотел бы сам тебе задать этот вопрос, - сказал он, развернувшись.

Мать вздрогнула.

- Ты правильно поняла - я вспомнил. Вспомнил этот стук каблуков, и с конца коридора доносились те же самые слова, выкрикиваемые тобой в трубку. Почему? Почему ты подложила мне тогда, совсем еще маленькому, конфету?

- Что ты говоришь! - вспыхнула Василиса.

- Ты плохая актриса - посмотри на себя, на то, как трясутся твои руки и как ты побледнела. Надеюсь, в обморок не собираешься падать. Не стоит: жалости это во мне не вызовет.

- Ты меня обвиняешь в таком... и хочешь, чтоб я оставалась равнодушной?

- Разве я в чем-то тебя обвиняю? Я, твой сын, просто хочу узнать, почему ты, моя мать, подложила мне конфету, которая могла грозить моему здоровью. Понимаешь, я вспомнил все; каким-то образом это зафиксировалось в моей памяти. Может, потому, что мне хотелось тогда понять: почему мама положила на стол одну из конфет, которые от меня тщательно прятались. Ты заходила и выходила из комнаты, тихонько подглядывая за ней, - но все же ты не уследила момент. На что же ты рассчитывала?.. Что я ее откушу и этого будет достаточно, чтоб отвезти меня в больницу для перестраховки? Но пока ты ходила и пасла этот момент - я рассчитал, когда ты вернешься обратно. На это уходило не больше минуты. На большее тебе терпения не хватало, да?.. Потому-то я не стал откусывать немаленькую для меня конфету, а забросил ее сразу в рот и, разжевав, быстро проглотил.

- Не смей!.. Не смей меня обвинять!.. -

176

проговорила мать с хрипотцой, почти шёпотом.

- В том, что ты хотела лишить жизни своего сына? Ну что ты, это было бы слишком. Тебе просто надо было прижучить отца, привязать его мной. В этом ты, надо сказать, преуспела, опыта у тебя в этом более чем достаточно.

- Я тут сижу с ума схожу, а ты...

- Знаешь, я отлично помню, что тогда все дни рядом был отец, а ты появлялась и опять куда-то исчезала. Где же ты была тогда? Ведь ты не работала. Хотя... чего спрашивать... мы оба знаем ответ, который я тебе уже озвучил.

Василиса сидела, безуспешно пытаясь как-то унять дрожь в своих руках. И понимая, что никакая ложь уже ее не спасет, она не стала больше возражать против доводов сына. У нее была одна надежда - что для сына это сейчас не самое страшное. На самом деле, высказавшись, Радик успокоился, вернее, стал безразличным к им самим же начатым дебатам.

- Она приходила сама или ты ее вызвала? - спросил Радик, опять отвернувшись от нее.

- Никого я не вызывала.

Она сразу поняла, о ком сын спрашивает.

- Она никогда раньше к нам не приходила.

- Лена просто хотела узнать, где ты, куда пропал. Она же тебя любит! Тебя любит такая девушка! Ты даже не знаешь, возможно ли у вас будущее с Ритой. А здесь тебе все - и красива, и умна, и богата. Да-да, богата. В наше время это немаловажно. Любовь приходит и уходит - состояние остается. И не только для тебя, но и для твоих детей, для следующего поколения. Твоему отцу много пришлось пропахать для того, чтоб ты сейчас жил лучше многих своих сверстников.

- А тебе не кажется, что все повторяется. Папа отказался от счастья ради меня. Я откажусь ради своих потомков. То же самое может произойти с моими детьми. Так когда, какое из нашего поколения, нашего рода может позволить себе быть счастливым, жить с любимым человеком? Или начиная с тебя мы будет жить по тобой начатой традиции: папины родители поженились и жили всю жизнь в любви.

- Да, бабушка ушла и мужа, деда твоего, забрала с собой.

- А знаешь, я бы хотел, прожив столько лет, продолжать любить до невозможности жить без нее. Хотя в инфаркте деда есть и твоя вина. И моя - конечно же - тоже. Ты препятствовала нашему общению. Но все равно я запомнил те наши (пусть и редкие) встречи. Я слышал, как ты говорила своей подруге по телефону, что я возвращаюсь от них другим. А я не другим от родителей отца возвращался, я там чувствовал себя самим собой. Я становился таким, какой я есть на самом деле. Это было далеко от тебя - и это тебя пугало, не правда ли? Отец тогда был в длительной командировке, и я должен был поддержать деда - он был совсем один. Но у меня не было привычки часто общаться с ним. Все было так, как установила ты: день рождение, 8 Марта для бабушки и что там еще осталось? Да, Новый год, и то только в детстве, потом у меня была уже своя компания.

- Не утрируй! Ты был тогда уже достаточно большим, чтоб принимать решение самому. Не надо сваливать все на меня! И ты достаточно взрослый, чтоб взять на себя ответственность...

- Что?.. Это ты о чем?.. Откуда ты об этом знаешь? - Радик вскочил с кровати, но тут же обессиленно сел. - Только не говори, что Лена сказала. Она вас там, в порту, даже не заметила, как бы ты ни старалась. Меня лично это сильно задело. Если бы не это, я, возможно, не стал бы по сторонам смотреть, хотя Риту невозможно было не заметить. Во всяком случае, меня хоть чуть-чуть, но совесть мучила бы. Это ты, ты ей посоветовала придумать эту байку про беременность?

- Ты что, думаешь, она бы поддалась моим придумкам, как ты говоришь?

- И еще как! - Он вспомнил про полотенце. - Ну а тебе даже придумывать ничего не надо было. Это все пройдено и проверено, да?

- Ты заговариваешься - отрицаешь свое бытие: сын упрекает мать, что та обманула отца о беременности им.

- Ты права, я на самом деле, наверное, уже повзрослел. В особенности в тот момент, когда услышал о ее беременности. Если не пятьдесят, то процентов тридцать моих нервных клеток были уничтожены за раз. Вся моя жизнь в тот момент перевернулась с ног на голову.

Ты не заметила, что проговорилась. Да, с твоей стороны не было лжи: ты на самом деле была в положении. И этим ты отличалась от Лены, не так ли?

- Я... прости...

- Господи, да я готов тебя простить за все! Только скажи - это правда: она не беременна?

- Да... это правда. Я... я устала. Извини...

- Боже, я чуть не умер! И у меня даже нет сил радоваться. Или веры, что я могу быть все же счастливым. Ты об этом мне сейчас сказала, боясь, что я опять что-нибудь сотворю?.. Что ты на меня так смотришь… Я никогда не думал и никогда не поверю, что ты хотела бы лишить меня жизни. Тебе плохо?..

- Нет, я просто устала. Ты прав по поводу деда. Теперь я знаю, как остаться одной, совсем одной.

- Не перегибай палку. Если бы ты была для меня пустым местом, то я бы не разговаривал сейчас с тобой. Мне, наверное, хочется просто достучаться до тебя. Хочется, чтоб ты для меня была просто мамой. Я тогда был маленьким, но я помню, что ты любила меня. А потом как-то все изменилось. Я теперь понимаю. Ты была зла на отца, оскорблена - а я слишком внешне похож на него, да?

- Я так не думала и ничего специально не делала.

- Я понимаю, что ты все это делала не специально, ты просто не могла совладать со своими чувствами. Не смотри на меня так! Никуда я не денусь - куда мне деваться «с подводной лодки». Нет, я не забыл, что ты дала мне жизнь. Может, в этом и был какой-то план, но это уже не в моей компетенции. А может быть, и не в вашей. Но что бы там ни было, я - вот он, и я хочу быть счастливым! Извини, если это не вписывается в твои планы. Да, по поводу твоей любви ко мне... я понял: ты любишь меня как свою собственность. У тебя и сейчас ко мне отношение как к собственности. Поэтому все должно быть так, как ты запланировала. Но так не будет. Может, ты права, и у нас с Ритой не все получится. Понимаешь разницу между «не все» и «ничего»? «Ничего» - это не про нас. Мы любим друг друга - это есть, и это останется. Возможно, только в нашей памяти. Но я теперь знаю, что значит любить. И я уже никогда это чувство не перепутаю с простым увлечением, то что было в отношении к Лене.

- Делай, что хочешь. Мне все равно.

Мать махнула рукой, встала и отошла к окну.

Он некоторое время сидел немного ошарашенный.

- И чего распинался? - проговорил Радик с усмешкой и, встав с кровати, чуть покачиваясь, пошел к дверям. Мать, быстро утерев слезы, встревоженно оглянулась. Радик замедлил шаг, но в последний момент решил не останавливаться. Вряд ли мать сейчас нуждалась в его утешении. Ей, скорее, нужно было переварить услышанное. Может, еще не все потеряно и они как-то смогут понять друг друга. Кроме отца и матери, у него никого не было. Рита? А вдруг мать права?.. Матери все же удалось его подмять под себя - вызвать сомнения в правильности решения. Нет - этому не бывать! И он уже более уверенным шагом пошел на выход.

- Радик, ты с ума сошел, почему ты встал? - встретил его за дверью отец.

- Прогуляться захотелось.

«Неужели же она и здесь не удержалась от ссор», - подумал Артур о супруге.

- Где ты был? - прервал его мысли сын.

- Знаешь, меня так трясло, что меня к тебе не пустили. Вернее, могли пустить только одного. А мать от тебя невозможно было оторвать. А мне, скорее, самому нужна была помощь.

Радик было уже смягчился по отношению к матери, но после последней фразы отца вспомнил, что дед его, отец отца, умер, именно не выдержав потери жены, любимого им человека. Мать могла погубить не только его, но и отца - а сама она разве не пострадала бы!

«Какой я дурак!» - запоздало подумал он.

- Пап, прости меня! Прости, что я о вас не подумал. Я просто был пьян. Боже мой, что бы было с вами!

- Сынок, ты это должен помнить всегда: твоя жизнь принадлежит не только тебе. Когда тебе больно - и нам больно; если бы тебя не стало - это принесло бы нам боль и страдание до конца нашей жизни.

***

Желание Артура - что-то поменять в жизни, подумать наконец-то о себе - разбилось о болезнь Радика. Начать все с чистого листа не получилось. Артур понимал, что чем привычней обстановка в доме, тем быстрей наступит психическое равновесие сына. Он даже и не подозревал, насколько его сын эмоционален. Нужно время. Сколько?.. Хотя какая разница: в любом случае Артур не может получить то единственное, что ему нужно больше всего.

Он целыми днями работал. Так же и Радик все свое свободное от учебы время проводил на фирме отца. Ему нужны были деньги: почти все свои выходные он проводил в Хельсинки с Ритой. Иногда Рита приезжала на пароме. Для поездки сюда и обратно ей не нужна была виза, да и на гостиницу не нужно было тратиться. Она так же, как и Лена, к ним не заходила. Но причина здесь была другая, чем у бывшей. Хотя Василиса и смирилась с выбором сына, теперь Радик сам не хотел их близкого общения: оберегал их (его и Риты) отношения как мог.

Пришла зима, Артур уступил сыну машину: паром перестал ходить. Он очень переживал за сына, - к счастью, весна пришла рано.

У сына все было хорошо, и Артур все чаще стал обдумывать планы на будущее.

Глава 33

-Что бы вы хотели? - чрезвычайно вежливо спросила женщина за прилавком посетителя, обслужив предыдущего.

Клиент был новый. Маленькое кафе находилось в небольшом переулке, и о нем знали в основном проживающие поблизости. И Клара всех своих посетителей знала в лицо.

- Пожалуйста, пирог с капустой, - вежливо попросил мужчина.

Клара проворно отрезала от пирога кусок побольше: посетитель не уточнил, какой кусок.

«Заплатит и за большой, наверняка не будет торговаться», - догадалась она.

- Вам как, согреть? - задала она никчемный вопрос.

Конечно пирог с капустой надо было греть; но клиент ей нравился, и она пыталась завязать с ним разговор.

- Что?.. Все равно.

Она поставила пирог в микроволновку.

- Так будет вкуснее, - улыбнулась Клара. - Что-нибудь еще?

- Да... Нет. Я не вижу у вас вишневого штруделя.

- К сожалению, он закончился. Вы как одна моя клиентка: она всегда заказывает пирог с капустой и вишневый штрудель. К счастью, он у меня был всегда, когда она заходила. И она всегда садилась за столик у окна. Но приходит она редко - видно, нездешняя. А ведь ее давно уже не было... Ну, наверное, еще появится… - добавила она, достав пирог из микроволновки и протянув его мужчине.

Мужчина молча взял подогретый пирог и сел за столик у окна. Капуста была сладкая. Как удивилась бы его жена, узнав, что он ест пирог со сладкой капустой. Он не позволял ей даже в его кашу класть сахар, а чтобы есть пирог со сладкой капустой...

- Спасибо, - поблагодарил он, уходя.

- Пожалуйста. Приходите еще - глядишь, в следующий раз и штрудель будет.

- Да... я приду. Я буду часто приходить, - машинально ответил мужчина.

Женщина за прилавком улыбнулась в ответ и мельком взглянула на себя в зеркало.

«А он ничего», - подумала она.

Дни шли - мужчина не появлялся. Клара успокоилась: перестала вздрагивать при шуме открывающейся двери.

***

Он пришел через две недели. Заказал опять же пирог со сладкой капустой. И в этот раз был - к счастью - и вишневый штрудель. Хозяйка кафе попросила его сесть - она принесет все сама. Но оказать мужчине максимум внимания не получилось - вошла новая посетительница. Именно новая, никогда раньше не посещавшая это кафе, - а значит, потенциальный клиент на будущее.

- Что вы хотели бы? - спросила Клара, изобразив профессиональную улыбку.

Вошедшая ничего не ответила, прямиком направилась к столу у окошка.

«Так, - подумала Клара, - вместо клиента получила соперницу».

Прибежал мальчик - любитель корзиночек.

- Тебе, как всегда, две? - спросила Клара, опережая покупателя: очень уж ей хотелось посмотреть, что же там за стенкой происходит. Бросив сдачу в блюдце, она взяла чайничек и пошла в направлении комнаты для посетителей. У прохода в комнату она столкнулась с другой женщиной. Это была та самая - любительница вишневого штруделя.

- Здравствуйте, давно вас у нас не было, - изобразила она радость на лице, успев в то же время заглянуть в соседнюю комнату. Мужчина сидел, накрыв своей ладонью руку женщины, которая не соизволила даже отреагировать на нее. Если для Клары вся эта картина была не совсем из приятных, для вошедшей это было нечто большее. Так, наверное, смотрит человек, пытающийся выйти из дремучего леса - и вот она тропинка… которая вдруг заканчивается у обрыва.

- Сидят, голубчики, уже с полчаса, - проговорила Клара, умиленно улыбаясь. Ей нужно было мгновение, чтобы оценить ситуацию. Нет, соперница была не та… Пирожки... штрудель... Как она не догадалась сразу?

Женщина молча развернулась и пошла к выходу.

- Вы уходите?

- Я зайду позже, - ответила посетительница, по всей видимости, из вежливости.

- Чай?.. - предложила Клара женщине, сидящей рядом с мужчиной.

188

Нет - эта уж точно не соперница. В глазах мужчины она прочла сочувствие - совсем не то, чего ей нужно было опасаться. Глаза женщины были заплаканы.

«Видел бы ты глаза той», - неожиданно для себя встала Клара на сторону любительницы вишневого штруделя. Может быть, потому, что, несмотря на ее мокрые глаза, губы женщины были сжаты зло. К тому же Кларе не очень нравилось, что ее вот так игнорируют.

Хлопнула дверь - вошли женщина с девочкой. Клара пошла за стойку, оставив чайник на столе.

- Мне штрудель, пожалуйста.
- С собой?
- Да.
- Сколько?
- Так… грамм двести... или давайте уж все, - попросила покупательница.
- Извините, грамм сто мне надо оставить. До вас здесь была посетительница, она должна вернуться. Вы уж извините, она сюда именно из-за штруделя заходит, а приезжает, похоже, издалека.

Услышав, то как скрипнула входная дверь, хозяйка кафе посмотрела в сторону выхода:

ушла та - с заплаканными глазами. Он же стоял в проходе лицом к прилавку, и во всей его позе ощущалось сильное напряжение.

- Она была здесь?.. Когда?! - спросил он ее сразу, как только покупательница отошла от ее прилавка.

- Где-то с полчаса, - не выдержав взгляда мужчины, отрапортовала Клара.

Ни она, ни он не стали уточнять, о ком идет речь.

Глава 34

Виктория вошла в каюту.

Села.

Повернула голову в сторону, где должно бы было быть окно, и некоторое время смотрела на картинку. Хоть в этот раз хотела каюту с окном - ей не досталась.

Легла, не раздеваясь, лицом к стене.

Послышалось, как кто-то открывает дверь. «Видно, новый пассажир, - подумала Виктория безучастно. - Или соседка все-таки вернулась». Из Хельсинки в Петербург в каюте они ехали вдвоем. Соседка по каюте купила билет туда и обратно (распродажа была только на такие билеты), но собиралась остаться в Питере; и Вика думала, что обратно поедет одна.

- В этот раз не уйду.

Вика вздрогнула. Обернулась.

- Во всяком случае, тебе надо очень постараться, чтоб я ушел.

- Для этого нужны силы, а у меня их совсем больше нет, - ответила Виктория, спуская ноги с кровати.

Артур, опустившись на пол и обняв ее ноги, уткнулся лицом в колени.

- Закрой дверь, - сказал она чуть слышно.

***

Когда они утром поднялись на палубу, на телефон Вики пришло сразу два сообщения. Возможно, что их послали намного раньше, но в каюте не было связи. Вика открыла телефон. Она как завороженная перечитывала одну и ту же весть. Артур подошел, чтобы поддержать ее: он заметил, как слабеют ее ноги. Подвел ее к дивану и усадил. Виктория молчала вся задеревеневшая. Он машинально заглянул в экран телефона. Артур не собирался читать, но все же увидел это слово, состоящее из тех, опасных, леденящих кровь, переворачивающих в одно мгновение человеческую жизнь трех букв: рак.

Вика подняла на него глаза.

- У Кари просто в последнее время была

сильная слабость, я еле уговорила его пойти к врачу. Господи, что я наделала?

Она закрыла лицо ладонями.

- Вика, все может еще обойтись.

Он на самом деле этого очень желал: было невыносимо видеть ее страдание.

- И он в такой момент оказался один.

Виктория не обратила внимание ни на его обнадеживающие слова, ни на сочувствующий его взгляд.

- Я подумала, пока он на обследовании (не на работе) может сам за собой поухаживать. И поехала в Питер: мне так захотелось сюда, в наше кафе. И в то время, как он получил эту ужасную весть, я...

- Мог бы дождаться твоего приезда, прежде чем сообщать, - не смог удержаться Артур от упрека.

- Это не он, - упрек послышался уже в ее голосе. - Он бы никогда такого не сделал. - И как будто желая поставить какую-то точку, добавила: - Я никогда с ним не была так счастлива, как с тобой, - но я никогда не была с ним и несчастлива. Я предала человека, который для меня сделал столько хорошего. Господи!

Она опять закрыла лицо руками.

- Прости меня, господи!

Затем встала, сделала шаг в сторону.

193

- Не уходи… не уходи так - даже не попрощавшись, - умоляюще проговорил Артур ей вслед.

Она обернулась.

- Живи... Одного у тебя прошу - только живи... Я умру, если вдруг с тобой что-нибудь случится.

Виктория это произнесла просто, почти без эмоций. Сердце его сжалось. Он вдруг понял, что это уже навсегда. Артур знал, как она умеет принести себя в жертву ради другого. Знал, что надеяться ему больше не на что.

***

Квартира встретила Артура пустотой. Он удивленно огляделся. Подойдя к шкафу, открыл его: отсутствовали женские вещи.

- Ты не маму там ищешь? - услышал он за спиной насмешливый голос Радика, который, в следующий момент разглядев покрытое тенью лицо отца, тут же сменил тон: - Мама ушла. Сказала, что пока поживет у бабушки… А ты, наверное, побежишь к ней. Нет? Удивительно, - не удержавшись, опять проговорил Артур с сарказмом. - Она, что же, тебе уже не нужна?

- Нужна, - просто ответил отец. - Только бежать мне некуда.

- Извини... Знаешь, мы с Ритой решили, что будем встречаться по возможности. Но в то же время дадим друг другу свободу, чтоб потом не лгать друг другу. И чтоб быть уверенными, что выбор делаем правильный. Мы еще молоды.

- Мы тоже были молодыми. Время летит быстро.

- Ты думаешь, между тобой, тогда молодым, и мной есть разница?

- Разница есть… и большая. Ты свободен... пока еще. А у меня...

- Был я?..

- Ошибку сделать легко - исправить иногда просто невозможно.

- Я твоя ошибка?

- Ты часть меня - ты то, ради чего я сегодня живу.

Глава 35

Виктория по глазам своего мужа поняла, что он догадался по ее взгляду (как бы она ни пыталась это скрыть), что она уже в курсе. Виктория, ничего не говоря, подошла к Кари и крепко обняла его.

- Плачь, если хочешь… - проговорил Кари глухо. - И я поплачу вместе с тобой.

У обоих уже по щекам текли слезы. И она заплакала почти навзрыд. И Кари тоже, наконец отдавшись своим чувствам, стал плакать в голос, больше не сдерживая себя.

- Я все думал, - проговорил он после того, как они оба успокоились, - как я тебе скажу… и как я должен буду вести себя.

- Прости... прости, что не была рядом.

- Это хорошо, что тебя не было. Я так был зол. В тот момент никаких разговоров: что это еще не совсем конец, что все еще может быть поправимо (после всего того, что я услышал от врачей), - я не хотел слышать. Я должен был переварить эту проклятую новость!

- Только не говори, что ты смирился. Это ужасно, что произошло с тобой. Боже, как мне тебя жалко! Но я должна тебе это сказать: мы с тобой будем бороться! Ни в коем случае только не сдавайся!

- Бороться... у меня два месяца времени...

- Нет! Нет! Они не могут этого знать! Этого никто не может знать! Ты никогда раньше не болел. У тебя сильный организм. Человеческое тело не хочет умирать, и ты должен помочь ему!

- Я был бы рад, если бы у меня было хотя бы еще полгода, - воспрянул он как-то. - Мне так хочется дожить до лета, еще раз увидеть его. Мне было сказано прямо - этот рак неизлечим.

- Господи, помоги! И прости меня, прости меня…

- Посмотри на меня! - прервал он ее. - Тебе не за что просить прощения! Что бы там ни было, я был счастлив с тобой. Я знаю, я был для тебя больше другом. Может быть, поддержкой в чем-то. Я хочу, чтобы ты знала: ни на что в жизни я бы не променял годы, прожитые с тобой. Потому что они для меня были самыми счастливыми и значимыми. Я знаю, что в такой момент человек нуждается в прощении: что бы там ни было - я прощаю тебя за все. И ты тоже прости меня...

- Мне как раз не за что тебя прощать, - проговорила она тихо.

- Всегда есть за что... Я старался быть тебе всем, чтоб только ты не оставила меня.

- Мне было хорошо с тобой: я чувствовала себя защищенной.

Он отвел глаза в сторону. И она поняла, о чем он все это время говорил. Сказанным она подтвердила его слова. Она так и не смогла сказать ему «люблю», а лгать сейчас - значит оттолкнуть его. Она только сейчас поняла, что он всегда знал о ее боли. А она так была занята собой, что даже этого не заметила? «Это я, я использовала его», - подумала она запоздало.

- Что бы там ни было, я буду рядом с тобой всегда. До последней минуты. И мы с тобой будем, будем бороться!

- Я почему-то сейчас верю больше тебе, чем врачам. И я тебе обещаю - я буду наслаждаться каждым данным мне днем. Мне кажется, я все же увижу лето...

Глава 36

Василиса вернулась через неделю ближе к ночи и спать демонстративно пошла в кабинет. Но когда через два дня жена как ни в чем не бывало пришла в спальню, Артур сказал:

- Ты права - тебе здесь будет удобней, а я переселюсь в гостиную.

Думать об их отношениях, об их будущем у него просто не было сил. Тем более что тогда, в кафе, он жене все рассказал, не забыв также поблагодарить ее за сына.

В Сестрорецке пустовала квартира его родителей. Жена не раз предлагала обменять ее на питерскую, чтоб у сына была своя квартира, но он не мог продать ее: там все напоминало о его родителях. Но видно, пришло время что-то с ней делать. Ездить оттуда на работу в Питер было далеко, у него и так ни на что не хватало времени, хотя в данный момент его это очень устраивало. Однажды утром он обнаружил, что лег спать в брюках и в рубашке, даже галстука не снял. Артур вспомнил рассказы о том, что некоторые, потеряв своих близких, в первое время ложатся не только не переодевшись, но даже не снимая обуви. Он решил стать сам себе терапевтом: зачем идти к врачу, если причина недомогания и так известна. К тому же он был уверен, что никто помочь в его беде ему не сможет. Артур стал заставлять себя выполнять элементарное - то, что человек делает автоматически, не задумываясь, - а именно вставать вовремя, застилать постель, принимать душ, чистить зубы, завтракать. Точно так же под собственным нажимом он выполнял вечерние процедуры. Видно, все это делалось с таким выражением лица, что жена смотрела на него с обеспокоенностью и не делала, как обычно, вид, что все в порядке, все хорошо.

***

Однажды, к концу лета, проходя мимо кафе, Артур заметил знакомую пару и, не выдержав, вошел туда.
- Рита!

- Здравствуйте!

- Не буду вам мешать; увидел вас в окно, решил поприветствовать.

- А ты нам и не мешаешь. Правда, Рит?

Рита в ответ улыбнулась.

- И у нас сногсшибательная новость: Рита поступила в питерский университет.

- Правда? Поздравляю!

Артур на самом деле был очень рад этой новости: невидимая нить протянулась от его дома к Финляндии.

- И на кого?

- На психолога, естественно. Рита далеко пойдет. Я очень в это верю.

- А как насчет...

- Мне должны дать комнату в общежитии, - не дослушав вопроса, быстро проговорила она. - И у меня будет стипендия.

- Стипендия... - хмыкнул Радик. - На нашей стипендии далеко не уедешь. Но ничего, ты не волнуйся...

- У меня будет своя, финская, - прервала его Рита.

- Финская? Хотя ты будешь учиться у нас, в России?

- Да, но я же гражданка Финляндии.

- И какая у вас стипендия? Мне просто вот любопытно, - продолжил допрашивать Радик Риту. Ему не совсем нравилось желание Риты быть независимой в материальном отношении.

201

Она иногда просто страдала, когда он не давал ей внести свою лепту во время их совместного посещения кафе.

- Триста евро - как у вас говорят - с хвостиком.

- Ничего себе хвостик. Ты серьезно?

- И двести за проживание, если я захочу снять себе отдельное жилье.

- Я пас.

- Ну, ты через год закончишь свой вуз, и вы сможете уже думать о будущем, - постарался успокоить сына Артур.

На телефон девушки пришло сообщение - выражение ее лица резко изменилось: губы задрожали и на глаза выступили слезы.

- Кари? - спросил Радик.

Артур понял, что сын был в курсе всего.

- Да, - тихо проговорила Рита. - Извините...
Она встала и быстро пошла на выход.

- Иди за ней, - посоветовал отец.

- Папа, если ты захочешь высказать соболезнование, я попрошу у Риты телефон Вики.

Артур отрицательно покачал головой.

Выйдя из кафе, он увидел, как Радик, обняв Риту, что-то ей говорил, пытаясь ее утешить: по ее вздрагивающим плечам он понял, что Рита плачет.

Вика... ей опять выпало страдание. И самое ужасное, что он не может вот так же ее утешить.

Глава 37

Не может быть! Неужели он ее нашел?

Артур после извещения о смерти мужа Вики дал себе срок на полгода не беспокоить ее. О чем потом очень пожалел: когда он попросил у Риты телефон Вики, она сообщила о том, что Вика через месяц после смерти Кари уехала из Финляндии. И единственное, что они знают о месте ее пребывания, что она уехала на Мальту. Ни телефона, ни адреса они не знали; общались по электронной почте. Или, вернее, она время от времени, по просьбе подруг, сообщала, что в порядке.

Артур решил дождаться лета. Дать ей еще время. Не для этого Вика уехала, не оставив координаты, чтоб ее потом разыскали.

Она стояла на берегу и смотрела в сторону острова Комино.

Он подошел совсем близко.

- Здесь действительно тихо и красиво.

Она вздрогнула. Он понял: узнала его по голосу.

- Ты? - спросила она, обернувшись, растерянно, не веря своим глазам. - Как ты нашел... Хотя… почему я решила... Вы здесь отдыхаете?

- Мы, по-моему, очень давно перешли на «ты». Где это было? В кафе на Конюшенной?

- Ты помнишь?.. Ты знаешь... что я имела в виду.

- Я здесь один. И ты права, я искал тебя, - вот уже две недели ищу тебя по островам. Мне казалось, на Мальте, в такой маленькой стране я тебя точно быстро найду.

- Рита все же проговорилась.

- Не сердись на нее, я просто хотел тебя увидеть. Где я только не был… Меллиха… я запомню это место.

- Как ты догадался меня искать здесь. Это же почти на отшибе.

- Вчера уже влез в компьютер и посмотрел, где самые лучшие места для прогулок, но в то же время не так много народу. Надо же, нашел тебя в день отъезда! Как ты?.. - произнес он сочувственно.

Она похудела, загорела. И стала выглядеть еще моложе - если бы не печаль на ее лице и грустные глаза… Грусть их не покидала даже при разговоре, если только на какие-то мгновения. Он заметил - одним из таких мгновений был первый момент их встречи. Она была рада их встрече, Артур не мог это не заметить.

- Вика, прими мои соболезнования. Я тогда подумал, что я последний, от кого ты ждешь сочувствия. Потому не позвонил.

- Ты просто пощадил меня. Спасибо тебе за это… Теперь полегче. Во всяком случае, могу заставить себя иногда не думать. Потому и из Финляндии сбежала сюда. Хотя… может, это неправильно...

- Правильно. Не укоряй себя. Ты ведь не собираешься стереть Кари из памяти. Просто тебе сейчас нужно защитить себя… Знаешь, я понял, что человек, с которым ты многие годы прожил бок о бок, не может стать чужим, что бы между вами не было. Я не имею в виду тех, кто вел бы себя совсем не по-людски. Ведь Василиса на самом деле подарила мне сына, ради которого я жизнь готов отдать. И у нас теперь с ней...

- Все хорошо? Я рада за вас, - тихо сказала Виктория, бросив взгляд на море, на какое-то мгновение отвернувшись от Артура.

Пыталась скрыть свои чувства?

205

«Она ревнует...» - не мог скрыть он своей радости.

- Да, у нас все хорошо. Мы даже стали друзьями. Тебе Рита не рассказывала?

- Я у нее о вас ничего не спрашиваю. Я им просто по электронной почте сообщаю, что у меня все в порядке, - так мы договорились.

- Да, насчет Василисы: с ее матерью случилось несчастье. Она как-то раз пропала, ее искали несколько дней. У нее потеря памяти.

- Дементий.

- Дементий?

- Да, так в Финляндии называют эту болезнь.

- Мне всегда казалось, что отец Василисы жесткий, резкий, самовлюбленный человек, - с какой любовью, нежностью и самоотдачей он ухаживает за своей супругой, как будто хочет возвернуть ей все, что получал от нее все эти годы. Жаль только, что она никогда уже этого не поймет… Василиса часто бывала там, и - представь - встретила по соседству от дома родителей свою любовь.

- Вот как... - Она опять перевела свой взор к морю. - А я все по кругу бегаю. Вначале из Питера сбежала, потом из Финляндии.

- А ты… замкни его. Вернись туда - откуда начала.

- Была такая мысль. Особенно когда узнала, что хозяева моей бывшей питерской квартиры

206

продают ее. Но на мой звонок ответили, что с покупателем уже составлен договор.

- Ну почему я все делаю неправильно!
- Ты?! Ты и есть тот покупатель?

Виктория впервые за время их разговора развернулась к нему всем корпусом.

- Честно говоря, я просто воспользовался тем, что твою квартиру продают, и пришел туда в виде покупателя. Я хотел увидеть еще раз место, где когда-то был очень счастлив. Первая мысль, которая пришла в голову, когда я вышел оттуда, была, что надо сделать евроремонт.
- Но она же, наверное, стоила дорого?
- Я продал квартиру своих родителей в Сестрорецке и добавил еще, конечно же. Мы с Василисой, после ее переезда, договаривались, что я поменяю нашу питерскую и родитель-скую квартиру на две питерские - для себя и сына; но все вышло иначе: сын остался в нашей квартире, на переулке, я переехал в твою. Мне пришлось вложиться, но я абсолютно не жалею.

Как-то в квартире на ночь отключили воду. И я, периодически проверяя кран, оставил его открытым; рано утром проснулся от шума воды. «Вика уже встала...» - подумал я, продолжая лежать с закрытыми глазами в ожидании запаха твоего вкусного кофе. Куда делись два десятка лет?.. Я как на машине времени оказался в нашем прошлом. Это были самые счастливые мгновения после нашей с тобой последней встречи в твоей квартире. Не стану говорить, какие чувства завладели мной в следующую минуту, когда я окончательно проснулся... Вот тогда я и решил, что обязательно найду тебя. Мне нужно было увидеть тебя, чтобы можно было как-то продолжить жить. Так сказать, это для меня своего рода терапия.

- Я рада, что теперь там будешь жить ты. Я вряд ли бы ее купила. Это, скорее, была просто мечта. Или же желание отвлечься. Да... тебе, я думаю, пора.

«Она знает, когда улетает самолет в Питер. Зачем-то она справлялась о нем», - подумал он удовлетворенно.

- Да... мне пора... Вика, это правда, что я хотел просто увидеть тебя. Если бы я тебя не встретил, я бы опять сюда вернулся. И возвращался до тех пор, пока бы не нашел тебя. Я понимаю... еще рано... Но если когда-нибудь и тебе захочется увидеть меня - ты знаешь, где меня искать. Я хочу, чтоб ты знала: если когда-нибудь ты решишь переступить порог моего... своего дома - ты найдешь меня в ожидании. Возвращайся! Возвращайся вместе с памятью и болью о нем. Если захочешь поплакать - я подставлю тебе плечо, решишь помянуть - помянем вместе. Я потерял обоих родителей... чуть не потерял сына... Я знаю... что это такое...

Виктория сделала сочувствующий жест, но Артур, остановив ее взглядом, продолжил:

- Возвращайся, ведь жизнь может оказаться такой короткой. Я же буду ждать тебя столько, сколько тебе понадобится... А теперь мне на самом деле надо спешить. И я не прощаюсь.

Он, не дав ей ответить, повернулся и пошел быстрым шагом от берега в сторону остановки такси.

Эпилог

- Я иду, иду, подожди!

«Как всегда опаздывает», - подумал Артур о сыне. Рита поехала в Хельсинки. Ей хотелось самой сообщить матери радостную весть о том, что возможно им удастся вернуть российское гражданство, и разделить эту новость, находясь с ней рядом. И у Радика наконец-то нашлось время для отца.

Он подошел к аппарату, висящему у двери, снял трубку и, проговорив: «Заходи», нажал на кнопку. Услышав, как внизу открылась дверь, повесил трубку обратно и, открыв заранее ключом входную дверь, пошел на кухню.

Артур ужасно не любил привычку Радика

опаздывать. Хотя на данный момент это его устраивало. Артур решил попробовать сделать шарлотку, времени на приготовление которой ушло больше, чем он рассчитывал (хотя было куплено готовое тесто). Есть шарлотку нужно в холодном виде - а она все еще допекалась в духовке.

Пока он шел на кухню, пришло сообщение. Посыльным оказался сын. Артур дрожащими пальцами открыл сообщение: он никого, кроме сына, не ждал. (Если не считать ее. Ее он ждал всегда - двадцать четыре часа в сутки. Артур засыпал с мыслями о Вике и просыпался с мыслями о ней, вздрагивая при малейшем звуке за дверью.) Там, внизу, как он понял, был не сын.

На самом деле сообщение пришло от сына. Радик написал, что прийти не сможет.

Артур вдруг вспомнил, что дверь оставил открытой.

«Боже всевышний, - взмолился он, возвращаясь обратно в прихожую, - помоги мне!!! Сделай так, чтоб это была она!!! Ну что тебе стоит!!! Для тебя сотворение этого не такое уж большое чудо, а для меня же оно сродни - как восстать из мертвых».

Посетитель был уже внутри - вернее, посетительница.

- Ты… кого-то ждешь? - произнесла Вика настороженно-извиняющимся тоном.

- Жду... тебя... Даже вот шарлотку пытаюсь испечь.

- Ой! У тебя же пирог горит! - всплеснув руками, проговорила Вика и пошла в сторону кухни.

«Пошла на свою кухню», - подумал Артур, счастливо улыбаясь.

Когда Артур вошел туда, Вика уже вынула противень с подгоревшим лакомством.

- У тебя красиво здесь, - проговорила она, обведя взглядом помещение.

- У нас, - поправил он ее.